ENTRE RINHAS DE CACHORROS E PORCOS ABATIDOS

ANA
PAULA
MAIA

ENTRE
RINHAS DE
CACHORROS
E PORCOS
ABATIDOS

Duas novelas

EDITORA RECORD
RIO DE JANEIRO • SÃO PAULO
2020

CIP-BRASIL. CATALOGAÇÃO NA PUBLICAÇÃO
SINDICATO NACIONAL DOS EDITORES DE LIVROS, RJ

M184e
2ª ed.

Maia, Ana Paula
Entre rinhas de cachorros e porcos abatidos: duas novelas /
Ana Paula Maia. – 2ª ed. – Rio de Janeiro: Record, 2020.

ISBN 978-85-01-08528-3

1. Novela brasileira. I. Título.

08-5399

CDD: 869.93
CDU: 821.134.3(81)-3

Copyright © Ana Paula Maia, 2009

Capa: Retina 78

Todos os direitos reservados. Proibida a reprodução, armazenamento ou transmissão de partes deste livro, através de quaisquer meios, sem prévia autorização por escrito.

Texto revisado segundo o novo Acordo Ortográfico da Língua Portuguesa.

Direitos exclusivos desta edição reservados pela
EDITORA RECORD LTDA.
Rua Argentina, 171 – Rio de Janeiro, RJ – 20921-380 – Tel.: (21) 2585-2000.

Impresso no Brasil

ISBN 978-85-01-08528-3

Seja um leitor preferencial Record.
Cadastre-se em www.record.com.br e receba
informações sobre nossos lançamentos e nossas promoções.

Atendimento e venda direta ao leitor:
sac@record.com.br

Sumário

Apresentação	7
Entre rinhas de cachorros e porcos abatidos	11
O trabalho sujo dos outros	87

Apresentação

Este livro reúne duas novelas literárias compostas de homens-bestas, que trabalham duro, sobrevivem com muito pouco, esperam o mínimo da vida e, em silêncio, carregam seus fardos e o dos outros.

Os textos, em tom naturalista, retratam a amarga vida de homens que abatem porcos, recolhem o lixo, desentopem esgoto e quebram asfalto.

Toda imundície de trabalho que nenhum de nós quer fazer, eles fazem, e sobrevivem disso.

Fica por conta do leitor medir os fardos e contar as bestas.

A autora

"Dos escombros de nosso desespero
construímos nosso caráter."

Ralph Waldo Emerson

Entre rinhas de cachorros e porcos abatidos

"A nenhum homem deve ser permitido chegar à presidência da República se não souber entender os porcos."

Harry Truman, ex-presidente dos EUA

Capítulo 1

Não se deve meter em porcos que não te pertencem

À espera de porcos, Edgar Wilson suspira pela oitava vez nessa sexta-feira quente e abafada. Por seu olhar vago, perdido, parece que não se incomoda em esperar o tempo que for preciso, mas apesar da frieza permanente ele anseia, a seu modo. Era o segundo atraso do carregamento em quatro dias e por isso precisaria comunicar o ocorrido ao seu patrão.

Havia feito planos para sair mais cedo, ir ao bar do Cristóvão, fazer algumas apostas em Chacal — um cão enjeitado pelo demo, que já havia arrancado a cabeça de Gepeto, que tinha o dobro de seu tamanho —, e encontrar Rosemery, sua noiva. Mas isso não era novidade, todas as sextas são iguais e de modo algum Edgar Wilson se importa com a rotina em que vive. Aqui no subúrbio, quente e abafado, esquecido e ignorado, nos fundos de um mercadinho cheirando a barata, não existe desconforto maior do que o carregamento de porcos atrasar e expectativa maior do que vê-los, todos, pendurados por ganchos no frigorífico.

Edgar Wilson sabia que sob influência da lua nova Chacal fervia pelas entranhas e de suas patas saíam faíscas. Ele certamente lucraria o triplo da aposta, e talvez ganhasse o suficiente para pedir a mão de Rosemery em casamento — ela exigia uma geladeira nova para selarem o compromisso definitivamente. O problema é duvidar da fidelidade de Rosemery, que nos últimos tempos sempre alegava precisar dormir na casa da patroa, que exigia a faxina iniciada bem cedo nas terças e quintas. Mas não pensar muito sobre o que quer que seja faz parte de sua personalidade. Sempre acreditou que a Providência Divina se encarrega do fardo por demais pesado, e na Providência Divina Edgar deposita toda a sua fé. "Pra que se colocar ansioso se isso não acrescenta nem um côvado em sua altura, nem transforma um fio de cabelo preto em branco?", era o que dizia padre Guilhermino Anchieta.

Entre rinhas de cachorros e porcos abatidos, Edgar Wilson não reclama da vida.

O distante ronco de um motor o faz apagar um cigarro sobre uma porção de formigas que se reúnem ao redor de seu último escarro. Percebe uma coloração avermelhada e teme por algum tipo de mazela. Verifica as horas, calça suas botas de borracha e se coloca de pé. Vê a caminhonete se aproximar, dirige-se até o telefone atrás do balcão e liga para Gerson, seu ajudante, que alega estar sofrendo de uma crise renal.

— Mas você não deu um rim pra sua irmã?

— Isso foi no ano passado.

— Ãhhh, sei. O carregamento atrasou de novo.

— É a segunda vez essa semana.

— Preciso informar ao patrão.

— Desculpe, Edgar, mas esse rim me pegou de jeito.

— É...

— Eu posso te mandar o Pedro.

— Ele sabe desossar alguma coisa?

— Só um instante.

Gerson, sentindo muitas dores e suando frio, ajeita-se no sofá e encontra a posição mais adequada para gritar a pergunta: "Pedro, você sabe desossar alguma coisa?"

Pedro demora alguns instantes e aparece na sala enrolado numa toalha vermelha, segurando uma colher de pau.

— O que você tá fazendo? — pergunta Gerson.

— Um bolo.

— Você foi comprar farinha de trigo?

— Não. Eu tô usando aquela do pote azul.

— Você esqueceu do que eu te disse, Pedro?

— O quê?

— Sobre a farinha do pote azul.

Pedro olha para a colher de pau que segura e lambe o resto do recheio que ameaça cair. Mastiga por uns instantes e suspira logo em seguida. É um recheio delicioso e Pedro parece se orgulhar de seu bom trabalho.

— E o que era? — pergunta, após engolir.

— Tá com bicho. Eu mandei você jogar fora.

Pedro coça a cabeça e responde:

— Eu peneirei as minhocas.

Gerson não reage à resposta.

— Eu peneirei tudo, verdade mesmo.

Gerson volta-se para a TV que está ligada. Pedro permanece parado segurando a colher de pau e eles riem da gargalhada emitida num programa de culinária. Ele repara o fone na mão de seu irmão.

— Gerson, você me chamou? — diz apontando para o telefone.

— Ah... você sabe desossar alguma coisa?

Pedro pensa um pouco.

— Não sei. Não tenho certeza.

— O Edgar quer saber.

— Você quer dizer, separar as tripas, o fígado, o...

— A carne do osso... essas coisas.

Pedro pensa mais um pouco. Volta para a cozinha sem dizer nada. Retorna em seguida.

— Lembra do cachorro da Matilda, o Tinho?

Gerson parece um tanto perdido, mas de estalo responde com um aceno positivo da cabeça. A toalha cai da cintura de Pedro.

— Essa cueca é minha — diz Gerson. Pedro não responde e volta à cozinha.

— Edgar, lembra o Tinho, da Matilda?

— Lembro.

— Foi o Pedro.

— Então avisa a ele que o carregamento já chegou.

— Tá certo.

— E o teu rim? Eu tô falando do bom, daquele que tá lá com a tua irmã.

— Acho que vai bem.

— Você não pensa em pegar de volta? Quer dizer, quando você deu pra ela, não estava precisando, ele não te fazia falta, mas agora é diferente.

— É, eu sei. Parece que ela tá com câncer.

— Então, ela não vai precisar dele por muito tempo.

— Acho que não. Escuta, eu deixei aquele vídeo do Chuck Norris na sua casa?

— *Braddock?*

— *O resgate.*

— Só estou com o *Braddock II. O resgate*, esse não está, não.

— Acho que perdi meu vídeo. É um desfalque e tanto na minha coleção.

Silêncio.

— Você vai deixar seu rim jovem e saudável ser comido pelo câncer da tua irmã?

— Parece que ela vai começar a fazer aquele troço que deixa careca.

— Sei... então a radiação vai matar o teu rim.

— Você acha mesmo?

— Acho que o teu rim já era.

* * *

Pedro permanece agachado nos fundos do mercadinho, acariciando o porco que espera para ser abatido, enquanto Edgar Wilson, debruçado na janela da caminhonete, resolve algumas questões pendentes.

— Vou repetir pela décima vez: eu esperava por dois porcos — diz Edgar ao motorista da caminhonete.

— Mas esse porco vale por dois.

— Nada disso. Eu preciso de dois porcos. Esse foi o combinado. Meu patrão não vai gostar nada, nada disso.

— Nós perdemos um dos porcos vindo pra cá. Essa estrada é muito esburacada.

— Como assim perdeu um dos porcos? Um porco não é nenhuma miudeza pra se perder. Não posso me responsabilizar. Eu preciso de dois porcos.

— Eu te trouxe um porco bem grande. Sirva-se dele.

O homem arranca com a caminhonete, deixando Edgar Wilson com poeira nos olhos.

* * *

— Pedro, pare de beijar esse porco e apanhe aquele facão ali — diz Edgar Wilson, que logo emudece e só pensa na trapaça dos dois sujeitos. Se não encontrar uma maneira razoável de resolver essa situação, ele terá que arcar com o prejuízo. Com o salário que ganha, não sobraria muita coisa no fim do mês.

Pedro aponta para alguns miúdos dentro de uma bacia sobre a mesa.

— Quando eu abri o Tinho, havia menos troço dentro dele.

— Isso era um porco robusto, não o magricela do Tinho. Ele só deveria ter vento dentro da barriga — resmunga Edgar, recolhendo alguns ganchos sobre a mesa.

— E uma rã.

Edgar encara Pedro por uns instantes, pensativo.

— Uma rã, sim senhor. E estava viva. — enfatiza Pedro.

— Em que mundo nós estamos?

Edgar Wilson apanha o machado jogado no chão. Pedro lhe traz o facão e permanece ao seu lado.

— O desgraçado carregava uma rã viva dentro da barriga, cachorro de merda.

— O que você fez com a rã?

— Resolvi criar a Gilda em cativeiro.

Edgar ordena que Pedro coloque o facão no chão e segure o animal. Pedro aproxima-se do porco, que escapole de suas mãos.

— Não deixa ele fugir — grita Edgar.

— Ele se assustou com o facão — Pedro retruca, enquanto corre atrás do porco.

O animal debate-se desesperado, correndo angustiado, esbarra na mesa com a bacia de miúdos e joga tudo no chão. Um dos ganchos deixado sobre a mesa por Edgar cai sobre o animal e finca-se em sua rosada carne, enterrando-se numa de suas costelas. Ainda assim, o bicho consegue fugir pela cerca de arame farpado, ainda que se cortando, espreme-se e, pouco antes de atravessar, o gancho prende-se na cerca, e os grunhidos de dor e angústia ficam cada vez mais altos. Com cuidado, Pedro tenta soltá-lo da cerca, o porco sente o calor de Pedro em seu cangote e torna-se mais arredio. Consegue se libertar da cerca, quando o gancho rompe sua carne e expõe uma costela suculenta. Tanto Edgar Wilson quanto Pedro precisam pular a cerca de arame e invadir o quintal do vizinho. O porco corre em direção às galinhas que cacarejam esvoaçadas e Edgar Wilson detém-se quando uma delas lança-se em sua direção. Ele grita sacudindo os braços e pula de volta a cerca de arame, que rasga suas calças. Pedro alcança o suíno que esperneia e o traz de volta, rindo-se de Edgar fugindo das galinhas.

— Que é isso, Edgar... medo das galinhas?

— Cala a boca e traz esse porco maldito aqui! — responde, recompondo-se.

— Eu nunca vi um bicho tão desesperado assim — comenta Pedro.

— Eu já — responde Edgar.

Edgar Wilson sofre de um raro tipo de aversão irracional, desproporcional, mórbida e persistente a galinhas. Ele se envergonha muito e guarda isso em segredo.

Pedro segura o porco firmemente, enquanto Edgar Wilson apanha o machado.

— Não deixe escapulir novamente — resmunga Edgar, que acende um cigarro, para logo em seguida suspender o machado. Para no ar e uma ruga de questionamento surge em sua testa. Arria os braços e contrai os lábios com um olhar inquisidor.

— Pra que você guardou a rã?

— Porque Gilda é uma sobrevivente. Incrível como uma criaturinha tão pequena tem tanta vontade de viver. Ela me dá forças — responde Pedro, contemplativo.

A resposta lhe parece satisfatória. Novamente suspende o machado e acerta a cabeça do animal, que tomba para o lado soltando mais um grunhido horrível, quase definitivo, e espirrando um filete de sangue direto no olho esquerdo de Pedro, que salta para trás.

— Você sabia que teu irmão deu falta daquela fita do Braddock?

Pedro tem a visão borrada por alguns instantes e vai até o tanque lavar o olho. Que porco miserável, ele reclama todo o tempo. Ainda debruçado sobre o tanque pergunta:

— *O resgate?*

Parado, Edgar Wilson olha para o céu, imaginando que se não fizer uma lua nova suficientemente bonita, talvez Chacal não tenha muitas chances de vencer.

— Acho melhor você apanhar de volta com o teu amigo — diz Edgar.

— Mas ele viajou — responde Pedro, saindo do tanque com o olho lavado e a visão recobrada.

— Traz esse facão — diz Edgar Wilson que seca o suor do rosto e dá uma forte tragada antes de debruçar-se sobre o animal.

— Eu não sei quando ele vai voltar e ele não mora por aqui. Seria preciso praticamente cruzar a cidade.

— Então você vai ter que resolver isso. Ele tá procurando a fita. Ele se importa mesmo com esse filme.

Com força o facão perfura mecanicamente o coração do porco, que esguicha um pouco de sangue devido à pressão. O telefone toca novamente. Edgar pensa na porcaria que está sendo essa sexta-feira. Limpa as mãos em seu avental encardido e se levanta.

— Ele ainda tá vivo!

— Ele vai sangrar até morrer, o desgraçado. No máximo cinco minutos. Depois a gente abre — diz Edgar Wilson.

— E o que eu faço?

— Recolhe aqueles miúdos.

* * *

— Alô?

— Edgar, acho que você tem razão.

— Gerson?

— Acho que aquele rim deve voltar pro lugar dele.

— Você acha mesmo?

— Sem dúvida.

— Eu também concordo.

Silêncio.

— Então nós dois concordamos.

— É — Edgar Wilson afasta as moscas que pousam em seu rosto.

— Está tudo bem?

— Eu preciso voltar.

Desliga o telefone e toma um gole de café com um pedaço de pão dormido. Mastiga por alguns segundos e retorna para a oficina, é assim que ele chama o matadouro improvisado nos fundos do mercadinho. No chão, o sangue do animal; no ar, um odor férrico. Contra o muro, Pedro encostado alivia-se no animal que ele chama de Rosemery entre gemidos prolongados. Enquanto ele come o porco por trás, a cada golpe, escorre um líquido amarelado do peito rasgado.

— Rosemery — murmura Edgar Wilson.

Pedro suaviza as bombadas no porco e termina por vestir as calças.

— Rosemery? — Edgar Wilson insiste.

Cabisbaixo, Pedro perde a fala. Edgar friamente ordena que Pedro apanhe um vidro de álcool atrás do balcão. Ele obedece.

Silencioso, ele encharca o animal com álcool e depois ateia fogo. Uma fogueira separa Edgar Wilson de Pedro, enquanto o porco sapeca rapidamente. Edgar olha para o animal incandescente com um brilho nos olhos. Permeado pelo calor do fogo, passa a mirar Pedro.

— Eu acho que você não devia sair por aí metendo em porcos que não te pertencem.

Pedro olha um tanto temeroso para Edgar Wilson e diz gaguejando:

— O seu chefe não precisa ficar sabendo.

Edgar apanha um balde d'água e apaga o fogo no animal que já estala. O cheiro é insuportável. Pedro, sério, permanece firme do outro lado da fumaça cinza e ardida que sobe. Com o facão, Edgar Wilson começa a raspar o couro do porco. Para e aponta o facão para Pedro.

— É só raspar.

Pedro apanha o facão das mãos de Edgar e, debruçado sobre o porco, raspa o couro carbonizado com um soluço atravessado na garganta. Edgar Wilson entra no mercadinho e liga para Gerson.

— Aquela fita do Braddock é mesmo tão importante pra você?

— É, mas acho que posso conseguir outra. É claro que o valor sentimental conta bastante, mas fazer o quê?

— É só isso que eu queria saber.

Edgar Wilson volta para a oficina, e Pedro, calado, raspa o couro do porco. Ele apanha o machado do chão e aproxima-se do rapaz. Acende mais um cigarro, dá uma baita tragada e sente-se revigorado. Enquanto olha para Pedro, pensa em Rosemery. Suspende o machado e arrebenta sua cabeça, que gira velozmente para a direita. Pedro cai se debatendo. Talvez ela goste de ímãs de frutinhas. Ele poderia providenciar sem problemas. Mas não consegue se lembrar de suas frutas preferidas. Fica um pouco chateado. Pedro continua debatendo-se.

— Qual a fruta favorita dela?

Edgar debruça-se sobre Pedro e faz a pergunta novamente. Enquanto toca sua orelha esquerda esfacelada, ele olha piedosamente para Edgar, que espera friamente por uma resposta. Seu olhar insistente provoca uma resposta sussurrada.

— Morangos silvestres.

— Que diabo de fruta é essa? Nunca ouvi falar.

— É coisa da patroa.

Pedro, agora, segura sua orelha e treme de pavor. Percebe em sua cabeça uma abertura que antes não existia. Ele toca a massa úmida e é como se tocasse diretamente em seus pensamentos.

— Qual a segunda fruta favorita dela?

— Pêssego — responde, soluçando.

Edgar murmura consigo, "Pêssego". Ele precisa anotar antes que se esqueça. Permanece repetindo e vai até o balcão do mercadinho. Anota e pensa que nunca se deu ao trabalho de saber qual a fruta favorita de Rosemery. Pensa nos morangos silvestres e eles eram morangos com espinhos. Pelo menos era assim que os imaginava. Morangos que ferem os lábios. Volta para a oficina e Pedro arrasta-se no chão, gemendo, lambuzando-se no sangue morno do porco. Edgar aproxima-se.

— Não se deve meter em porcos que não te pertencem.

Pedro fecha os olhos quando percebe o segundo golpe, que esmiúça seu rosto transformando-o em uma massa disforme, o que imediatamente remete a Edgar Wilson o que será o rim de Gerson se ele não tomar algumas providências imediatas. Era mesmo preocupante.

Edgar Wilson abre o porco do focinho até o rabo e retira seus órgãos e tripas. Era mesmo uma maravilha olhar para aquele interior. Uma barriga recheada e que valeria alguns bons reais. Mas se queixa silencioso do quanto vale o trabalho de um homem. A barriga daquele porco é praticamente o seu salário, mas em seguida contenta-se, porque sua vida é mesmo boa.

Curioso que só ele, Edgar Wilson rasga Pedro ao meio, remove seus órgãos e fica admirado pelo seu peso. Pedro vale tanto quanto a maioria dos porcos, e suas tripas, bucho, bofe, compensaria a perda do outro porco. Um sujeito que engana pelas aparências. Jamais seria alvo de suspeitas de estar tendo um caso com Rosemery, muito menos de estar carregando uma fortuna em tripas dentro da barriga. Edgar Wilson admira-se em ter subestimado Pedro algum dia. Ele moeria os restos mortais no triturador junto com os ossos da saca e venderia para a fabricação de ração para cães.

Terminado o trabalho, toma duas cervejas no Cristóvão e ganha o triplo do que apostou em Chacal. O danado estava com o diabo no corpo. No céu, a lua nova reluzia e a Providência Divina novamente encarregava-se de seu fardo pesado demais. Tomado de tantos sentimentos, percebe que é um homem de muita sorte por não precisar ter seu salário descontado e por ter pedido a mão de Rosemery em casamento. Saboreando os pêssegos que ele levou, ela diz sim com lágrima nos olhos, quando Edgar lhe promete uma nova geladeira, com ímãs de frutinhas, a cadela.

Capítulo 2

Até os cães comem os próprios donos com lágrimas nos olhos

— Outro cigarro?

— Não.

Edgar Wilson e Gerson estão parados numa padaria em frente ao prédio de Marinéia, irmã de Gerson, que detém a guarda de seu rim saudável. Ele toma mais um pingado, enquanto Edgar Wilson acende outro cigarro.

— Então eu estava falando... quando ele viu os cães carregando as partes desmembradas de seu pai... simplesmente enlouqueceu — conta Edgar Wilson.

— Eu também ficaria louco. Descarregaria um cartucho nos vira-latas.

— Foi exatamente isso que ele fez. Um conseguiu fugir, o outro morreu.

Gerson dá um gole no seu pingado.

— O velho não era surdo? — pergunta Gerson.

— Feito uma porta. Saiu pra fazer uma caminhada, levando o cachorro pra fazer companhia como sempre e esqueceu de colocar o aparelho auditivo. Quando atravessou a linha do trem, não ouviu o apito — responde Edgar Wilson.

— Por que ele não usou a passarela?

— Por causa dos pivetes que assaltam lá em cima.

— Pobre diabo.

Ficam em silêncio por alguns instantes com ares de pêsames.

— Não se pode mais confiar nem nos cães, o melhor amigo do homem — diz Gerson, solene.

— Vivemos dias difíceis. Até os cães comem os próprios donos em plena luz do dia — completa Edgar Wilson, dando mais uma tragada. — Já ouvi falar que é bem normal de acontecer. É um tipo de tradição dos cães, um tipo de instinto, sei lá. Eles comem os donos antes dos urubus. Lembra daquele caso, do pessoal da rua de trás, do seu Alípio?

— Claro!

— Dizem que foi o Fofinho. Que ele comeu todos os cinco.

— O Fofinho? Mas era a porra de um poodle!

— Enquanto chorava, ele comia um por um e depois vomitava lá nos fundos da casa da Donãna. O Fofinho comeu e vomitou todo mundo debaixo daquele pé de manga, o filhodaputa.

Silêncio.

— Deve ser por isso que aquelas mangas apodrece-ram — fala Gerson terminando o seu pingado. — Eu não queria que um vira-lata de merda me comesse. Se eu tiver de ser comido que seja por um tigre, um leão... não um poodle viado cor-de-rosa chamado Fofinho.

Gerson olha as horas em seu relógio de pulso. Pede para Edgar esperar só mais alguns minutos.

— É um absurdo que tua irmã não te receba em casa. E graças a você ela ainda pode te esnobar desse jeito. É de amargar.

— Ela tem vergonha da gente. Diz que a gente é tudo feio e ignorante. Virou puta e agora só anda com gente da grana. Desprezou a família há muito tempo — diz Gerson.

— Mas o teu rim ela não desprezou — murmura Edgar, apagando o cigarro.

— Aquele rabo gordo deve valer bastante, esse lugar é bacana.

* * *

Os dois atravessam a rua e entram no prédio, que tem apenas três andares. A portaria está abandonada. Eles passam direto e sobem as escadas.

— Hoje chega um carregamento grande — comenta Edgar Wilson.

— Se forem os porcos da dona Maria das Vacas, vamos ter que dobrar o trampo.

— Eu não sei o que aquela velha dá pros porcos... é tripa que não acaba mais.

Edgar Wilson atinge o terceiro andar praticamente sem fôlego e Gerson sente o rim doer. Eles param em frente ao apartamento 302 e tocam a campainha.

— Você sabe do Pedro? Há dias ele tá sumido — pergunta Gerson.

— Não faço ideia.

Tocam a campainha mais uma vez e percebem uma agitação vinda do interior do apartamento.

— É verdade que você e a Rosemery vão se casar?

— Eu pedi a mão dela e ela aceitou.

Gerson dá um forte abraço no amigo desejando felicidades.

— Um homem precisa de sua própria família — diz emocionado.

A porta se destranca e, num robe vermelho de babado rosa, Marinéia os recebe bastante surpresa. Não sabe exatamente o que falar e parece por alguns instantes procurar a coisa certa a dizer. Atropela os formais cumprimentos, esquece algum tipo de sorriso simpático de boas-vindas e só o que sai é "Porteiro filhadaputa."

— Quanto tempo, Neínha — fala Gerson.

Enquanto Marinéia balbucia coisas ininteligíveis, os dois invadem o espremido conjugado. Em poucas passadas, eles se familiarizam com o ambiente.

— Marinéia, eu vim aqui te pedir uma coisa de volta.

— Mas... quando foi que eu peguei algum troço emprestado contigo, Gerson?

Edgar Wilson varre o lugar com os olhos. Acha graça de um bibelô, com uma casinha azul de portas e janelas amarelas. Quando sacode, uma nevasca preenche todos os espaços. Fica mesmo encantado.

— Marinéia, como você pode dizer um troço desses? Eu te emprestei uma coisa há mais ou menos um ano, tu não lembra?

— Gerson, para de enrolar e fala logo.

Um chiuaua de olhos arregalados e assustados entra na minúscula sala e ao pé de Marinéia faz charme até ser colocado nos braços de sua dona, que volta a atenção para o irmão que olha pasmado para alguns vídeos sobre a mesa.

— É o meu filme do Braddock.

— Ah, então é isso que você veio buscar? — pergunta Marinéia.

— Como ele veio pra cá, Neínha?

— Foi o Pedro que veio aqui me pedindo pra comprar porque tava precisando de dinheiro e eu acabei comprando, pra ele me deixar em paz.

— Ele fez isso? — perplexo. — E quanto você pagou?

— Eu dei a ele cinco reais. Olha, Gerson, você pode levar esse filme, que eu não vou assistir mesmo.

— Cinco reais? Eu paguei dez reais por ele.

Silêncio.

— Bem, se era isso, taí a fita.

— Não foi isso que eu vim buscar, mas com certeza vou levar comigo.

— Gerson, o que você quer de mim, porra? — diz, impaciente.

Gerson termina de verificar o conteúdo da caixa e vê sua fita intacta. Suspira aliviado.

— Eu quero o meu rim de volta — murmura naturalmente.

— Ãh...? Não entendi — diz Marinéia, temerosa.

— Meu rim que tá com você. Eu quero de volta e também quero usar o banheiro.

Marinéia solta um riso nervoso.

— Como assim teu rim de volta? Tá maluco, Gerson?

— Eu tô precisando dele — ele olha procurando o banheiro. — O outro que ficou não tá nada bem, não é, Edgar? O banheiro é ali? — apontando e caminhando em direção a uma porta semiaberta.

Edgar Wilson caminha em direção à porta e passa a chave. Gerson tranca-se no banheiro deixando os dois juntos na sala. Ele parece querer puxar algum tipo de conversa. Marinéia segura seu cachorro e não consegue se mexer. Respira fundo e um soluço desesperador em sua garganta não lhe permite suspender o olhar. Os minutos em que Gerson permanece no banheiro transcorrem densos e silenciosos até serem quebrados pelo som abafado da descarga. Ele sai do banheiro fechando o zíper. Bastante nervosa, em pé no meio da sala, espremendo o chiuaua que parece esbugalhar ainda mais os olhos, ela diz:

— Você continua brincalhão, não é?

— Neínha, acho que você tá se confundindo toda — diz Gerson com um semblante comedido, olhando novamente para a fita e, após uma ligeira pausa, continua: — Isso é que dá ficar tanto tempo longe de casa.

Confusa, ela olha para Gerson.

— Eu nunca fui brincalhão.

Marinéia é agarrada por Edgar Wilson, que mantém sua boca tapada. Ela esperneia e derruba o chiuaua, que com um latido agudo cai no chão enfiando-se velozmente debaixo da mesa. Gerson tira uma fita adesiva da mochila e rapidamente amordaça a irmã. Ela não para de se remexer, o telefone toca, ela se debate ainda mais brutalmente. O cachorro faz xixi enquanto treme de pavor. Com um soco no maxilar, ela aquieta. Deixam-na estendida no chão. Gerson arranca o fio do telefone. Um enorme silêncio invade o pequeno apartamento. Aproximam-se da estante com CDs. A maioria, eles nunca ouviram falar.

— Mas a Neínha tá muito besta — diz Gerson.

— Olha aqui! É o Sérgio Reis.

Colocam o CD e enquanto cantarolam músicas sertanejas carregam Marinéia para a banheira. No banheiro encontram algumas camisinhas usadas jogadas no chão.

— Mas tua irmã é mesmo uma porca, hein, Gerson?

Jogam Marinéia na banheira e a despem.

— Aqui, Edgar, a cicatriz. É só a gente cortar em cima.

— Melhor cortar um pouco mais afastado, pra não atingir o órgão, completa Edgar.

Gerson abre a mochila e não encontra a faca.

— Mas como tu foi esquecer?

— Eu saí apressado.

Gerson vai até a cozinha e volta com algumas coisas que talvez possam ajudar. Um abridor de latas, um cortador de legumes, colheres e algumas faquinhas sem serra.

— Você prefere que eu use o abridor de latas ou essa colher?

— Sei lá, Edgar.

— Cristo! Não se pode abrir alguém com uma colher, Gerson.

— Ah, não? Aposto que o Braddock abriria — resmungando.

— Então por que você não chama ele?

Gerson decide descer e pedir ajuda ao porteiro, que talvez já tenha retornado.

— Se eu tenho um canivete, meu filho?

— É, sim senhor.

* * *

Gerson agacha-se ao lado de Edgar, que analisa Marinéia.

— Se eu for sincero, tu não vai ficar puto não?

— Que isso, Edgar.

— Eu não comeria tua irmã nem que ela me pagasse.

Gerson olha para a irmã.

— Lá em casa todo mundo é feio mesmo e as mulheres sempre tiveram essa cara de puta.

Edgar Wilson olha para o que Gerson carrega nas mãos.

— Acho que isso vai servir — diz Gerson mostrando o canivete.

— Desse tamaninho? E ainda por cima com um escudo do Flamengo? Tu já deu uma boa olhada na puta da tua irmã? Com essa bunda gorda, essa faquinha aí não tem chance.

— Mas isso é tudo que eu consegui.

— Gerson, eu sou vascaíno, porra.

Gerson abaixa a cabeça. Edgar conhece o drama do amigo e releva qualquer coisa naquele momento.

— Eu preciso fazer uma marca em volta. Vê se acha algum troço que risque.

— Mas pra quê, Edgar? Você abre porcos todos os dias e não precisa dessa frescura de riscar o bicho antes.

— Gerson, tu cala essa boca. Se eu tô pedindo algum troço pra riscar tu tem que me arrumar na hora e de boca fechada.

Gerson levanta resmungando, atravessa a sala, chuta o chiuaua e retorna com um batom vermelho, que entrega a Edgar Wilson. Segue até a cozinha e apanha duas cervejas. Chuta outra vez o chiuaua que continua mijando todo o conjugado.

— Peguei umas cervejas.

Edgar dá um trago na cerveja e debruça-se sobre a banheira. Marinéia desperta, mas nada que um soco bem dado não resolvesse. Ele risca a área ao redor da cicatriz. Em seguida, enfia o batom no bolso. Pega o canivete e começa a cortar com força sua carne gordurosa e marcada de estrias.

— Acho que aquele é o rim, não é?

— Você é o especialista aqui, Edgar.

— Apesar de se parecer bastante com uma porca, a tua irmã...

— Eu acho que é o fígado — interrompe Gerson.

— Você acha mesmo? Então se esse é o fígado o rim deve estar... É esse aqui — diz Edgar Wilson, aparentando alguma emoção. — É o vermelho-escuro. É isso mesmo!

Edgar Wilson cutuca com os dedos a cavidade aberta. Corta mais um pouco para o lado, mas o pequeno canivete do Flamengo parece não colaborar muito, escorregando vertiginosamente de um lado para o outro. Gerson joga um pouco de talco na abertura para facilitar o manuseio do precário instrumento. Edgar espirra descontroladamente, é alérgico a talco. E a cada tentativa de corte, seguido de um espirro, ele erra por caminhos nunca dantes explorados. Retalhar Marinéia nunca foi sua intenção, mas era difícil conduzir precisamente o canivete e abrir cortes com mão de cirurgião. Corta o tubo fino e longo que sai do rim, seguido de um espirro, deslizando desgovernadamente o canivete à aorta abdominal, que se rompe.

— Droga!

— Que foi? — pergunta Gerson.

— Acho que cortei um troço aqui que não devia — responde Edgar.

Gerson dá uma olhada e diz:

— Tá sangrando bastante.

Pela primeira vez Edgar Wilson parece confuso.

— Eu não tô entendendo mais nada.

— Quantos rins ela tem?

— Acho que só tem um.

— Isso aqui é o quê?

— Eu não sei... a gente leva esse que tá por baixo da cicatriz. Esse é o mais garantido — diz Gerson, bastante confiante.

— Acho melhor levar esses dois também. Nunca se sabe — conclui Edgar, removendo cuidadosamente o órgão com a ajuda de uma colher.

— Sabe de uma coisa... Eu não queria te dizer isso, mas a gente é amigo e tudo.

— Fala, Gerson, que foi?

— Eu tenho vergonha de dizer, mas é que fiquei com um pouco de inveja de você e a Rosemery. Puxa, é bonito mesmo. Bonito assim como essas músicas do Sérgio Reis.

— Traz a bolsa com gelo — ordena Edgar, com o rim nas mãos.

Gerson corre até a cozinha, apanha alguns cubos de gelo e retira da mochila uma bolsinha térmica. Edgar coloca o rim lá dentro, junto com outros dois órgãos, e passa o zíper. Eles respiram aliviados e vão até a sala.

— Gerson, você vai encontrar uma mulher que te ama. Agora com teu rim de volta, no lugar dele, ninguém te segura, rapaz — fala Edgar, dando uns soquinhos em Gerson.

— Acho que você tem razão.

Silêncio. Eles olham a fita de vídeo. Resolvem desligar o som e assistir ao filme. Edgar apanha mais duas cervejas. Gerson parece um pouco abatido.

— Tá vendo como não se pode confiar mais em ninguém, Edgar? Meu próprio irmão me roubando. Antes os cães, que comem a gente. Se fosse um parente, um irmão, deixava a gente largado apodrecendo no asfalto com os urubus em volta. Os cães são fiéis mesmo nos devorando.

— Os cães e a Providência Divina se encarregam do fardo por demais pesado — conclui Edgar Wilson.

Terminado o filme, os dois saem do apartamento, não antes de irem ao banheiro, onde o pequeno chiuaua de olhos esbugalhados lambuza-se no sangue de Marinéia, permanecendo dentro da grande cavidade exposta. Ele mastiga sua robusta carne com lágrimas nos olhos enquanto a devora em pequenas dentadas no que parece um ritual ou um fardo por demais pesado, que levará anos para se concluir.

Capítulo 3

Entre rinhas de cachorros e porcos abatidos

Sentado atrás do volante da velha caminhonete vermelha, Edgar Wilson gira a chave na ignição pela quinta vez e pensa no quinto dos infernos; deve ser um lugar igual a esse, como essa quinta-feira quente e abafada.

Com a cara afogada debaixo do capô do carro, Gerson pede que Edgar tente mais uma vez. Essa será a sexta tentativa e ele sabe que às sextas-feiras as rinhas de cachorro fervem seu sangue oxidado.

Não passa vivalma. Estão quebrados no meio da estrada.

— E então, Gerson, dá pra resolver logo? Os porcos aqui atrás tão ficando doidos. Não posso atrasar.

— Então fale com o patrão pra comprar uma caminhonete decente.

Gerson olha ao longe, contraindo o rosto suado, e bate os lábios afirmando estarem a pouco mais de um quilômetro do chiqueiro de seu Abelardo.

— Você acha que eles conseguem? — pergunta Edgar Wilson.

— Eu dei bastante comida pra eles hoje. Acho que dar uma caminhada vai fazer bem aos porcos — conclui Gerson, confiante.

Edgar Wilson, bastante desanimado, desce do carro, coloca as luvas encardidas e certifica-se de que seu dia começou complicado, e ele, que aprecia a simplicidade das ações, aborrece-se quando se depara com decisões rápidas.

Ele apanha uma corda que acredita ser comprida o suficiente e Gerson encarrega-se de amarrar os animais para não se desprenderem durante a caminhada.

— Eu acho que esse aqui não aguenta o passo dos outros não. Ele ainda tá leitãozinho — fala Gerson.

— Se não aguentar, eu carrego no colo — responde Edgar, olhando para o céu que tem uma cor que não lhe agrada, uma tonalidade doentia, assim quando o sol fica da cor do desespero. Ele faz o sinal da cruz e balbucia uma breve oração. — Não posso deixar o carro aqui.

— Mas não tem outro jeito, Edgar. A gente entrega a mercadoria e de lá liga pra um reboque, vê se acha um mecânico — diz Gerson. — A gente sempre resolve as coisas.

É verdade, ele pensa. Eles sempre resolvem os problemas que aparecem. Aparam a corda com duas pontas, cada um segurando uma, e tomam a estrada, conduzindo pelo acostamento os seis porcos aparvalhados.

— Caralho de porco mais desesperado. É por isso que Jesus era pastor de ovelhas — resmunga Gerson. — Queria ver ser pastor de porcos. Esses bichos não te respeitam.

Dois caminhões passam ao lado deles e os porcos correm, uns para o sul outros para o leste. Arrastam por alguns instantes os dois homens, que conseguem conter a febril excitação dos animais que grunhem alarmados, um som insuportável, berros de castração.

— O problema dos porcos é que eles acham que são gente, como eu e você. Eles te olham e acham que você é um deles ou vice-versa — explica Edgar.

— Vice-versa é o cacete. Nunca me achei parecido com esse bicho.

— Jesus era pastor de ovelhas, mas quando a coisa fedeu foram os porcos que entraram em ação — comenta Edgar.

— Deve ser por isso que fedeu. Esse bicho só ronca e fede.

— A coisa fedeu antes, não se lembra quando Cristo teve problemas com um sujeito endemoniado e mandou que os demônios entrassem dentro dos porcos?

Edgar dá uma tosse seca e breve. Sente seus pulmões queixarem-se de tanta fumaça, sente-se embaçado por dentro. Precisa se livrar do cigarro.

— Não me lembro disso — responde Gerson, atrapalhando-se vez por outra com a corda entre as pernas.

— Eles se jogaram no abismo. Consertaram a situação. É o que esses bichos fazem, Gerson, eles consertam as coisas pra você — conclui Edgar.

Gerson desenrola das pernas o segundo nó feito pelo leitãozinho assustado e resolve segurá-lo no colo para ver se consegue acalmá-lo. Balança-o nos braços feito um bebê e coloca-o no chão.

— Se é assim, Edgar, então manda eles consertarem a porcaria da caminhonete.

Edgar fica calado por alguns instantes. Alquebrado. Gerson sente pontadas na altura dos rins e começa a suar frio, mas não diz nada para Edgar. Gerson é doente do rim e nos últimos dias seu mijo tem sido uma espécie de muco, desidratado.

— Se a gente tivesse um caminhão frigorífico não precisava andar com mercadoria viva — diz Gerson. — Abatia tudo lá mesmo e depois trazia eles já fatiados, pendurados pelos ganchos. Uma maravilha.

Edgar Wilson vê ao longe uma propaganda de cigarros. A mesma marca que fuma há dez anos. Suspira até sentir um pouco da fumaça em seu interior escoar. Em dez anos, nunca conseguiu uma mulher tão bonita como aquela da foto. Talvez devesse fumar mais um pouco.

— Contanto que meu facão esteja amolado, eu não me importo de matar eles lá — diz Edgar, baixinho.

E suspira em seguida por lembrar-se de seu facão guardado dentro do carro. Muito bem amolado. Olha para trás e o carro começa a ficar pequeno. Está distante para retornar com os porcos, mas não tão longe para um homem só caminhar.

— Gerson, você vai indo com eles que eu vou pegar o facão.

— Você tem certeza, Edgar? Você não pode usar o do seu Abelardo? Ele tem de vários tamanhos.

— Mas nenhum corta como o meu... Sem contar que eu já tenho jeito com ele, a pegada certa.

A mão de Edgar cabe exatamente no cabo, sobrando um beiradinha suficiente para as escorregadelas e nunca, nunca mesmo atinge o aço. É facão sob medida. Ele tem a medida exata de sua mão.

Gerson olha para o que tem no final da corda e, bastante consternado, concorda com o amigo, a ideia de fazer os porcos caminharem o que faltava foi dele e Edgar em nenhum momento discordou. Pelos amigos se fazem sacrifícios, a gente não mede, ele pensa, a gente tem que segurar porcos pelo rabo se for preciso, separar cães em rinhas, mas pelos amigos valem os sacrifícios.

— Você aguenta os seis?

Gerson olha para os animais que arrebanham-se momentaneamente e diz que sim, que são apenas porcos e não tanques de guerra.

Edgar vira-se e começa a caminhar com agilidade. Uma caminhada debaixo de um sol tão ardente e um asfalto venenoso que parece de amianto; ele anda olhando fixo para a caminhonete estacionada a distância, e pensando que precisa chegar em casa a tempo de participar de uma nova roda de rinha de cachorros radicada num bairro próximo de onde mora e que acontece sempre às quintas-feiras.

Cães que vieram do Canadá contra cães da Bulgária. Ele não sabe onde fica a Bulgária, mas de lá deve ter vindo os buldogues, e quanto ao Canadá ele só consegue se lembrar da neve. Isso ele viu num filme, neve no Canadá, e pensar naquele gelo branquinho traz certa paz de espírito e resfriamento da tensão. Imagina-se vivendo num lugar como o Canadá e de repente lá era o país perfeito para pessoas como ele. Pessoas que se aborrecem com o calor.

Olha para trás e Gerson lhe dá a impressão de um simples pastor de ovelhas àquela distância, um sujeito de grande coração e bondade. Abre a porta da caminhonete e senta-se ao volante. Gira a chave mais uma vez, e outra, e não há resposta. Sai do carro e abre o capô, chafurda entre mangueiras, tanques e dispositivos por algum momento e tenta novamente, a chave gira na ignição e, num estouro do cano de descarga, a caminhonete ressuscita como Lázaro. Arria o capô e retorna para trás do volante, certificando-se de seu facão embrulhado num pedaço de pano.

Momentos como esse trazem satisfação para sua vida. É mesmo um homem que sabe resolver as coisas. Arranca e em um minuto chega até Gerson, parado no acostamento entre os porcos dispersos, segurando nos braços o leitãozinho. A cinco metros dele, um carro batido numa árvore tem a dianteira suspensa, cravada entre os galhos. Os metais do carro e a madeira bruta da árvore formam um tipo de escultura, uma coisa bem artística que Gerson certa vez viu na casa de um doutor em que fez um serviço na instalação elétrica. Era bem parecido mesmo.

— Era na parte elétrica — diz Edgar Wilson descendo da caminhonete. — Tinha um fio solto. Me admira você, hein, Gerson?

— Por que, Edgar? Eu não vi nada de errado na parte elétrica. Tava tudo em ordem.

— É por isso que a casa da dona Geralda pegou fogo. Eu sempre desconfiei daquele teu serviço na casa da velha. Morreu no chuveiro elétrico.

— Deixa disso, aquela casa era mal-assombrada. Não tive nada com aquilo.

Edgar analisa calado o carro incrustado na árvore, que tem fumaça saindo do capô destruído. Coça a cabeça e seca o suor do rosto com a manga da camisa.

Olha para o alto da árvore e vê uma manga madura desprender-se.

— Bem que você disse, Edgar, esses bichos são mesmo endemoniados.

Edgar assusta-se ao ser surpreendido pelos animais e joga-se no chão alcançando a ponta da corda antes que quatro porcos aparvalhados unidos por um nó bem apertado fujam pelo matagal ao lado do acostamento.

— Foi o leitãozinho. Ele saiu pra pista e o carro teve que desviar — fala Gerson. — Tem uma dona ali dentro.

Edgar coça a cabeça e olha de uma ponta a outra da estrada. Não há sinal de outro carro.

— Me ajuda aqui primeiro, Gerson. Vamos resolver isso aqui.

Gerson traz o leitãozinho e Edgar arrebanha os animais até a caminhonete. Ele apanha uma tábua que serve de rampa, e os porcos entram barulhentos.

— Tá faltando um, Gerson.

— Tem certeza?

Edgar olha para os porcos, sereno.

— Só tem cinco. É aquele manchadinho que não tá aqui.

— Deve ter corrido pro outro lado.

— Temos que achar. Precisamos dos seis.

Ouvem um gemido, um som ecoando intercalado com pausas e pensam ser o porco fugido, possivelmente ferido.

— Você disse que tem uma dona ali dentro?

Eles caminham até o carro batido na árvore e, pela janela do motorista, Edgar vê uma mulher de meia-idade, desconjuntada entre as ferragens e com algumas fraturas expostas. A mulher tenta falar, mas não consegue. Do outro lado do carro, Gerson apanha um telefone celular caído no chão, debaixo do banco do carona.

— Tá dando sinal, Edgar.

Edgar pede para ver o aparelho.

— Como você sabe disso?

— Porque esses pontinhos aqui sobem, entendeu? Quando sobem assim é porque tem sinal pra gente falar — responde Gerson.

Edgar olha para o aparelhinho de cor prateada, menor que a palma de sua mão. A pequena tela tem uma luz azul, azul como o céu agora está e ele chega a pensar que é apenas um reflexo.

— Você sabia que esses aqui tocam música?

— Deixa de mentira, Gerson.

— É sim, Edgar. Esses aqui são bem caros e tiram até foto. Eu vi numa loja do shopping.

— E quando é que você foi num shopping, hein, Gerson? Pra mim tá mentindo.

— Eu vou sim. Frequento muito esses lugares bacanas. Edgar, minha vida não é só abrir barriga de porco. Tenho outros interesses — diz Gerson, exaltado.

Edgar tenta discar um número e pedir socorro para a mulher, mas não se lembra de nenhum número de ajuda. 911, é o que vem à mente, mas isso só se estivesse nos Estados Unidos, aqui ele não faz ideia. Provavelmente, se estivesse morando no Canadá, com toda aquela neve branquinha, ele saberia para quem ligar.

— Eu também não faço ideia — responde Gerson.

Ele decide ligar para o seu patrão, porque talvez ele saiba qual o telefone de socorro. Mas está um pouco agitado com a perda de um porco e tentará não demonstrar que as coisas saíram do controle.

* * *

Sentado diante de uma mesa na cozinha de paredes encardidas, Zé do Arame digita com os dedos grossos, truculentos e sujos os números na calculadora. Resignado, o pobre homem lamenta-se com seu cão a falta de dinheiro. Espera que a venda dos porcos a Edgar e Gerson renda dinheiro suficiente para não cortarem a energia elétrica de sua casa.

O cão parece entender o recado e dá um mugido solene. Aprendeu a mugir com as vacas com quem cresceu, e agora late e muge de acordo com a ocasião.

Zé do Arame abocanha mais uma colherada de feijão-mulatinho e grita:

— Penha, tu botou coentro no feijão de novo? Eu não como isso. Me dá gases.

Penha entra na cozinha carregando uma trouxa de roupas numa mão e uma galinha abatida na outra.

— O que te dá gases é esse feijão aí, mas você teima comer ele — diz Penha.

— Fui criado comendo esse feijão aqui — diz o homem batendo no peito. — Nunca tive gases até você começar a cozinhar pra mim.

Ele apanha o prato e, depois de dar um soco na mesa, coloca-o no chão para o cachorro. Ela dá de ombros, coloca a trouxa de roupa sobre uma cadeira e começa a depenar a galinha sobre a pia.

O telefone toca e ela pergunta se ele não vai atender. Ele manda a mulher atender e perguntar quem é.

— É o Edgar dizendo que quer falar com você.

Ele levanta-se e caminha até o outro cômodo da pequena casa, suspende as calças e atende.

— Pode falar, Edgar.

— Seu Zé, o senhor tem aí um telefone de socorro?

— Da dona Maria do Socorro?

— Não. É aquele número que a gente liga pra pedir socorro.

— Edgar, tu tá metido em alguma confusão? E meus porcos, como estão?

Edgar cala-se até conseguir raciocinar o suficiente para responder ao patrão.

— Seu Zé, teve um acidente na estrada e preciso chamar o socorro.

— Mas vocês já deviam ter chegado no Abelardo. Ele odeia atrasos.

— Eu sei, senhor. Mas a gente tá tentando ajudar.

Seu Zé ouve tudo enquanto tira uma casca de feijão do dente, levando o dedo até o fundo da boca. Constata que a casca está dura e que sua mulher não o cozinhou por tempo suficiente. Talvez este seja o motivo para os gases.

— Só um instante, Edgar — diz, e em seguida grita a mulher que aparece segurando a galinha pelo pescoço sem cessar a depenação.

— Ô Zé, eu não sei não. Pra que o Edgar quer saber isso?

— Não é da tua conta, mulher. Me chame aqui o Tição, ele tá aí fora recolhendo os miúdos.

Gerson senta-se ao lado da janela e resolve conversar um pouco com a mulher que não para de agonizar. Isso começa a preocupá-lo. Acredita que sua presença pode trazer algum conforto a ela.

Edgar faz sinal para ele, que atende sem demora.

— Gerson, que tu tá fazendo?

— Conversando um pouco com a dona ali.

— Chega de papo e vai procurar o porco fugido.

Gerson bate a poeira das calças, atravessa a pista e do outro lado embrenha-se no matagal chamando pelo animal. Zé do Arame desperta do outro lado da linha.

— Edgar, o Tição tá aqui e também não sabe. Ele foi perguntar ao vizinho aqui do lado, que já foi segurança.

— Eu espero, seu Zé. Eu espero.

E ele senta-se novamente atrás do volante e liga o rádio do carro. Entre muita chiadeira, ele encontra uma canção que comove seu coração. É um sucesso da década de 1990, tema de novela. Não se lembra do nome, mas fica cantarolando o pouco que se lembra. Olha-se no espelho retrovisor, com aquele telefone agarrado na orelha, e sente-se um homem importante. Uma coisa dessas lhe cai muito bem.

Ao longe, Gerson acena desanimado que ainda não encontrou o bicho, que vai avançar para dentro do matagal.

— Edgar, meu filho, olha, ele não tá em casa, não. Ninguém aqui na rua sabe esse telefone de socorro. Tem aquele 911, não tem?

— Tem, seu Zé, mas esse é só nos Estados Unidos.

— Ah, sei. Então acho que é isso — diz Zé do Arame. — A gente ainda não deve ter isso aqui.

Zé do Arame faz uma pausa e Edgar não sabe se já deve desligar o telefone, até que ouve uma pergunta do outro lado da linha.

— E meus porcos, Edgar, tão bem? Volta logo porque preciso do dinheiro pra pagar a conta de luz ainda hoje, vão cortar ela.

— Não no que depender de mim. A gente vai levar o dinheiro certinho, seu Zé. Não se preocupa, não.

Edgar aperta algumas teclas e verifica com o ouvido pregado no telefone que já está desligado. Desce da caminhonete e vai até o carro com a mulher já desfalecendo. Tem sangue na boca, saindo dos ouvidos, e muito mesmo escorrendo da cabeça. Ele força a maçaneta da porta que está emperrada e num solavanco faz o carro sacudir e a mulher despertar num gemido. Isso o faz sossegar e esperar por sua reação, e ela novamente fecha os olhos.

Ele passeia ao redor do carro, pensando num jeito de desgarrá-lo dali. Faz duas meias-voltas e abaixa-se. Vê uma poça escura debaixo do carro e pensa na possibilidade de o óleo estar vazando, até constatar ser sangue. Uma grande poça escondida ali embaixo.

— Gerson! — grita Edgar, acenando. — Achei o porco fugido.

Gerson cruza a pista pouco depois de uma Kombi laranja passar. Os dois homens na Kombi não percebem o carro acidentado, mas sim os porcos na caçamba da caminhonete.

— Tá onde o desgraçado? — pergunta Gerson.

— Aqui embaixo. Tem que puxar pra fora — fala Edgar.

Os dois puxam o animal com força.

— Acho que tá preso em algum ferro — diz Gerson, fazendo muita força.

— Força mais aí que tá saindo.

E conseguem tirar o animal aos pedaços de sob o carro mas com as partes desmembradas sobre o chão. Eles percebem que o acidente adiantou parte do seu serviço, porém aquilo só dificulta as coisas.

— Ele comprou um porco vivo, Gerson.

— Mas, Edgar, presta atenção, a gente ia matar ele mesmo.

— Ele quer receber o porco vivo, entendeu, Gerson? Seu Abelardo gosta de conhecer a mercadoria, gosta de olhar no olho do bicho antes de ele morrer — fala Edgar.

— Tá, e onde a gente vai arrumar outro porco, hein? O jeito é contar pra ele do acidente e vender o porco com um desconto.

— E quem vai pagar a outra parte? Não posso levar menos dinheiro pro seu Zé, e eu não vou ficar no prejuízo.

Eles tentam se acalmar. Não é costume brigarem, nunca brigam, por nada neste mundo, e isso traz um incômodo aos dois.

— E a dona? — pergunta Gerson.

— Morreu.

— Tadinha — faz uma pausa. — Tava até me afeiçoando.

— Ninguém sabe qual o número de socorro.

Edgar suspende a tampa do celular e acha divertido o som emitido dos tecladinhos tão frágeis.

— Você disse que toca música, é mentira, não é? — pergunta Edgar.

Gerson começa a jogar as partes desmembradas do porco dentro da caçamba da caminhonete e fecha-a em seguida, resmungando sobre a possibilidade de os outros porcos comerem o que está morto e terem um prejuízo ainda maior.

— Eles não gostam de deixar vestígios — diz Edgar Wilson. — Por isso comem qualquer coisa... até eles mesmos — conclui ao entrar no carro.

Gerson pede que ele espere um instante e tenta aliviar a bexiga. Abre a braguilha e mija fraco no chão; um muco bem encorpado fica pendurado e ele o arranca com a ponta do dedo, ainda mais preocupado. Entra na caminhonete e Edgar continua abismado com o telefone celular.

— Ele tira foto também?

— Eu não tô nada bem — diz Gerson preocupado. — Meu mijo tá secando.

— E o teu rim que tava com tua irmã? Tá onde?

— Deixei no congelador até achar a porra de um médico que o colocasse no lugar e meu pai fritou ele com cebolas e comeu enquanto assistia ao jogo do Ipatinga x Uberlândia com mais dois amigos.

— Eles comeram o teu rim?

— É o que eu tô dizendo. Chego em casa e tá lá o velho fedido barrigudo comendo meu rim com cebolas e tomando cerveja. Achei melhor não dizer nada. Eles pensaram que era fígado de boi. O velho é um nojento, você sabe.

Depois de um minuto de silêncio e nostalgia, Gerson apanha o telefone celular das mãos de Edgar Wilson. Após apertar alguns botões ele diz que conseguiu. Abraça Edgar que já está de volta à estrada e tiram uma foto. Ele mostra no visor do telefone a foto dos dois e Edgar fica pasmado.

— Se eu tivesse um desses, ia pegar muita mulher por aí — diz Gerson.

— Quanto deve custar?

— Umas mil pratas, Edgar.

— Tudo isso?

— Tudo mesmo.

— Ele pode cobrir o prejuízo.

— Boa ideia, Edgar, boa mesmo.

O telefone toca e no visor aparece a palavra "marido". Gerson deixa tocar e não atende.

— É o marido da dona — diz Gerson.

— Como sabe?

— Tá aqui ó... Ma-ri-do.

Fazem um breve silêncio fúnebre até que Gerson consegue fazê-lo tocar algumas músicas, e ficam maravilhados. Ao chegarem no chiqueiro de seu Abelardo, contam parte do ocorrido e ele aceita o aparelho como ressarcimento. Como o equipamento é mesmo valioso, segundo um cunhado de seu Abelardo, eles deixam também a velha caminhonete e voltam para casa dirigindo uma preta, dez anos mais nova, com pneus reluzentes e o dinheiro exato para seu Zé do Arame pagar suas contas.

Com a satisfação do patrão, Edgar Wilson ganha uma comissão extra e aposta no cão canadense que esfacela o búlgaro. Ele ganha, o tinhoso. E pensa que se ganhar mais algumas rinhas como aquela, talvez conheça o Canadá e a neve branquinha.

Capítulo 4

Abatedores clandestinos e porcos na caçamba

— Quantos ele consegue abater?

— Disseram que trinta em uma hora — responde Edgar Wilson, após um longo trago em seu cigarro.

— É... esse recorde eu nunca vi ninguém quebrar — diz Gerson, admirado.

— Dizem que ele é o maior abatedor de porcos de todo o estado.

— Qual o seu recorde, Edgar?

— Quinze em uma hora.

Gerson alisa os cabelos, olha para a garçonete que passa ao seu lado, rebolando dentro de uma calça jeans surrada. Uma bunda rechonchuda, com muitas dobras e curvas adjacentes. Para Gerson, um bundão fenomenal.

Edgar termina seu café e pede outro. Gerson continua tomando um milk-shake de morango por um canudo amarelo.

— É o dobro, né mesmo?

— É, é o dobro, mas eu vou aceitar o desafio.

— Edgar Wilson, você é meu ídolo — diz Gerson, dando um soquinho no ombro do amigo. — E qual o prêmio?

— O troféu de ouro Porco Abatido. A gente recebe das mãos do seu Tonico, o dono do maior chiqueiro do estado. E ainda tem um prêmio em dinheiro.

— É... Edgar... Você vai ficar famoso. Troféu de ouro Porco Abatido. Quem diria, hein? É o sonho de todos nós abatedores... porra... Que maravilha!

Um homem suado e agitado entra na lanchonete, gira a cabeça de um lado para o outro até mirar o fundo da loja. Segue até sentar-se junto de Edgar e Gerson.

— Você deve ser Edgar Wilson — diz o homem ao estender a mão num cumprimento. — E você, o Gerson — cumprimenta-o em seguida.

O homem não para de agitar as mãos, batucando na mesa. Chama a garçonete e pede uma dose de conhaque com mel. Os dois apenas esperam pelo homem, por sua decisão de começar a falar.

— Então, rapazes... Bem, vocês devem estar estranhando que...

Gerson interrompe.

— Quem falou da gente pra você?

O homem olha para Edgar Wilson, que não transmite sentimento sequer por meio de seus olhos. Permanece inabalável bebericando um café fumegante.

— Seu Chico Maminha... o gordo cabeludo... do açougue Maminha de Rei.

Gerson acena em concordância com a cabeça. O homem sente-se mais aliviado. Respira fundo e espera por mais alguma pergunta antes de começar seu discurso.

— Sei que parece estranho alguém simular o próprio sequestro, mas é que preciso testar a fidelidade da minha noiva... Só um instante.

Ele interrompe, apanha a carteira no bolso da calça e mostra uma foto da noiva.

— Essa é minha noiva, Shirlei Márcia. Sei que é estranho, mas antes de pedir a mão dela em casamento eu preciso me certificar... certificar mesmo de que ela me ama. Ela tem cinco mil reais numa conta. É todo o seu dinheiro... se ela pagar meu resgate com esse dinheiro que juntou durante anos, aí sim vou saber que ela merece meu amor.

Silêncio.

— Você quer uma prova de amor? — pergunta Gerson.

Edgar Wilson sente-se comover levemente. Sua noiva Rosemery o abandonou uma semana após o desaparecimento de Pedro. Disse que o amava e que queria ficar com ele. Que não gostava de Edgar Wilson. Que só queria mesmo uma geladeira nova.

Rosemery, assim como Pedro, não foi muito longe. Esquartejada, foi devorada por uns porcos famintos durante toda uma madrugada. Sem restos ou rastros. A geladeira com os ímãs de frutinhas, ele pegou de volta.

Edgar suspira e sente aliviar o peito. Ele deveria ter pedido uma prova de amor para Rosemery. Ele entende perfeitamente as razões do homem e é tomado de uma humanidade nunca antes compartilhada.

— Eu só quero uma prova de amor. Garantias. Eu tenho tudo planejado. Não tem como dar errado. Pago duzentos reais pra cada um. A coisa toda não vai levar mais de duas horas.

Gerson olha para Edgar Wilson esperando por uma resposta, uma reação. Pensa que talvez deva pedir mais pelo serviço. Valorizar mais sua mão de obra.

— Mas não somos sequestradores, isso é crime. Somos abatedores de porcos e isso não é crime — diz Gerson.

— E eu não sou um "sequestrado", entende? É só encenação.

— Num sei... Edgar?

— Eu acho que este homem deve ter sua prova de amor.

— Acha isso mesmo?

— Acho — responde Edgar olhando para o homem. — E duzentos reais por duas horas de serviço, acho que tá bem pago. Eu aceito.

— Ah... Então eu aceito também — fala Gerson.

* * *

Numa parte deserta da estrada, o homem usa o telefone público e gesticula bastante enquanto fala. Edgar e Gerson permanecem encostados na lateral do carro estacionado ao lado de uma árvore. Faz sombra. Um boa sombra para aplacar o calor. Não ouvem o que diz o homem, mas isso também não importa.

— E o que você queria me dizer?

— É sobre o Pedro.

— Aquele desgramado... Espero que fique sumido pra sempre.

— É justamente sobre isso... sobre ele ficar sumido pra sempre. Ele tava tendo um caso com a Rosemery. Matei os dois.

Gerson coça a cabeça e contrai o rosto suado.

— Então ele teve o que mereceu. Não se preocupe, Edgar, ele não prestava pra nada mesmo.

— Não tô preocupado.

— Eu faria o mesmo. Mataria e lançaria aos porcos.

— Eu lancei e comeram tudo.

— Raça de bicho esfomeado...

Silêncio.

— Você lavou sua honra — diz Gerson, comovido, ao dar um abraço em Edgar Wilson. — Pegou a geladeira de volta?

— Peguei e tô pagando as prestações.

— Aquela geladeira é uma beleza mesmo.

— Faz gelo na temperatura média — comenta Edgar.

— A minha tá um lixo. Não dá vazão nesse calor.

— Se precisar de gelo pode apanhar na minha. Tem muito espaço lá também. Pode usar sempre que quiser.

Gerson olha comovido para o amigo. Só quem vive nos confins do subúrbio abafado e sufocado, longe das praias, de ares úmidos, comendo poeira, economizando água sob quase 40 graus diariamente, pisando em asfaltos fumegantes sabe o que representa uma geladeira nova e que faz gelo. Isto, por esses lados, vale mais do que ouro. Assim como água tratada e esgotos fechados, mas ainda precisam conviver com as merdas ao ar livre e os vermes.

O homem retorna animado e um pouco nervoso. Agora é a hora. Ninguém sabe do sequestro simulado, com exceção de seu Chico Maminha, que é de total confiança. Ele entrega um pedaço de papel com o nome e telefone de sua noiva. O valor exato do resgate a ser pedido e um texto curto que deverá ser lido. A pouca leitura dos dois é preocupante, mas eles darão um jeito.

O homem é amarrado nos pulsos e tornozelos. É preciso total realismo. Pede um soco aos dois. Com um pouco de sangue no rosto e uns hematomas será ainda mais convincente. Gerson desfere dois socos. É o suficiente para o sangue escorrer.

Acomodam o sequestrado no porta-malas do próprio Fiat Uno cor marrom. Batem a porta com força, dão meia-volta, entram no carro e arrancam com o som ligado.

— Como é mesmo o nome dele?

— Não me lembro, Edgar. Acho que ele não falou.

Gerson apanha o bilhete com as anotações. Verifica e não encontra outro nome a não ser o de Shirlei Márcia. Gerson abaixa o volume do rádio e grita em direção ao porta-malas pelo nome do homem. Ouve um grunhido abafado como resposta.

— Como é? — grita novamente.

Edgar Wilson sacode a cabeça e espreme os olhos.

— Gerson, acho que é Cleiton.

— Não, ele disse Heraldo.

— Claro que não. Não tem nada a ver com isso. É Cleiton.

— Tenho certeza que ouvi Heraldo. É Heraldo sim... deu pra ouvir direitinho.

Edgar poderia refutar mais uma vez, mas pouco importava o nome do homem naquele instante. Perguntariam depois. Havia tempo para isso e tempo para comer alguma coisa.

Mandioca Frita da dona Elza, o letreiro desgastado traz a imagem de uma nordestina robusta com uma mandioca na mão. Um bom lugar para comer. O preço nunca esvazia os bolsos e sempre abarrotam o estômago. Uma equação que só encontram mesmo na Mandioca Frita da dona Elza e por isso param para comer. Estacionam o carro entre duas carretas pesadas, o local costuma ser parada de caminhoneiros e viajantes. Um lugar para comer, tirar um cochilo e trepar. Dona Elza proporciona também este tipo de prazer. Mandiocas e bocetas é o que sabe administrar com destreza e aptidão. O cardápio do dia acompanha uma boceta quarentona. Promoções assim, só por esses lados.

Descem do carro, batem a porta com força e caminham para o restaurante. São recebidos de braços abertos pela anfitriã.

* * *

Algum tempo depois, Edgar Wilson disputa com moscas a última costela de porco com mandioca frita da travessa sobre a mesa. Vez ou outra sente a brisa morna do ventilador de parede que gira devagar e geme angustiadamente.

Gerson retorna do banheiro e senta-se à mesa novamente. Edgar termina de comer a última costela e vão para o caixa.

— Vocês comeram duas promoções. Vão querer trepar?

— Quem trepa num calor desses? Com uma boceta dessas? — pergunta Gerson para o rapaz que atende no caixa.

— Você pode substituir a boceta por um sorvete daqueles? — pergunta Edgar apontando para o freezer.

O rapaz vira a aba do boné para trás e olha para a dona da casa, dona Elza.

— Eu preciso falar com a dona Elza. Vocês têm certeza disso? Preferem o sorvete?

— Absoluta — responde Gerson.

Ao atravessar a porta do restaurante, a lufada quente e seca amolece o sorvete de ambos. São potes de meio quilo sabor napolitano. Apoiam-se num parapeito e apreciam a sobremesa.

— Trocaria até três bocetas de 15 anos por isso — diz Gerson. — Quem fode nesse calor?

— Só os porcos.

Observam uma carreta ser manobrada. O motorista bebeu além da conta. Está com os olhos vermelhos, cara amassada e provavelmente com gosto de boceta velha na boca. Ele dá algumas investidas com a carreta pesada e freia bruscamente; em seguida o motor silencia. Parece confuso. Os dois continuam tomando seus sorvetes, que já se encontram numa consistência de creme.

Após um breve instante de silêncio, a carreta desperta e o motorista decide terminar logo com aquilo e sair daquele estacionamento, quando encontra a traseira da Fiat Uno marrom. O carro avança uns metros e a carreta avança rápida para a estrada. Finalmente engatou a marcha correta, depois do estrago deixado na traseira do carro.

Gerson e Edgar vão até o carro e com dificuldade suspendem a porta do porta-malas.

— Agora a gente nunca vai saber o nome dele — diz Gerson.

Edgar bate a porta e entra no carro, seguido por Gerson, e saem dali.

"Agora ele nunca terá sua prova de amor", é o que pensa Edgar Wilson. Gerson apanha o bilhete com as anotações feitas pelo homem e joga-o pela janela depois de picotá-lo. O carro está com dificuldades para continuar a jornada, está bem danificado e após dois quilômetros percorridos ele para definitivamente soltando fumaça pelo capô.

Eles descem do carro e Edgar Wilson sente-se confortado ao admirar uma árvore frondosa propiciando uma larga e generosa sombra. Do outro lado da pista, há um telefone público.

— Estamos bem perto do chiqueiro da dona Maria das Vacas — diz Gerson. — O filho dela não tem um ferrovelho?

— Tem sim.

— Então a gente pode deixar o carro com ele, e o sujeito aí a gente... quer dizer...

— Dá para os porcos — completa Edgar.

— É o jeito.

Gerson caminha até o telefone público, que não está funcionando.

— Um de nós dois vai ter que ir até lá.

Gerson revira o homem morto no porta-malas e apanha sua carteira onde lê seu nome na identidade.

— É Cleiton, o nome dele. Você é assustador, Edgar Wilson. Assustador.

Caminham quinhentos metros até chegar ao ferro-velho. O filho de dona Maria das Vacas está almoçando um ovo frito e duas sardinhas em conserva numa marmita de alumínio. Contam sobre o carro e sobre o acidente e seguem os três em um reboque.

— Eu nunca pediria uma coisa dessas pra Rosinete, minha mulher... hã... a filhadaputa ia me deixar apodrecer — diz o homem, dirigindo, e cai na gargalhada. — Ia fugir com o primeiro que aparecesse, vender meu ferro-velho e dar meus filhos pra um asilo. Provas de amor, quem precisa de uma porcaria dessas? Que merda.

Descem no local, rebocam o carro e deixam o corpo no chiqueiro de dona Maria.

— Esses bichos comem de tudo... tudo mesmo — diz o homem lançando o corpo aos porcos. — E nunca deixam vestígios — ri, satisfeito, ao concluir.

— É o que eu sempre digo — concorda Edgar.

E o som dos ossos triturados vorazmente reverbera entre roncos de apetites.

— Fui criado nesse chiqueiro, mas ainda fico impressionado vendo esses bichos se alimentarem — diz o homem, e os três permanecem calados por algum tempo.

Perderam um dia de trabalho. Como pagamento pelo favor, deixaram o carro no ferro-velho. Saíram prejudicados deixando de matar porcos naquele dia, mas pelo menos tudo se resolveu no final.

* * *

No dia seguinte, Edgar Wilson está parado ao lado de outros abatedores e diante de dezenas de porcos. Os suínos estão agitados e emaranham-se confusos. Segurando seu facão amolado, cujo cabo tem o exato tamanho de sua mão, ele inicia a matança assim que o tiro é disparado. Sente-se nervoso num primeiro momento, mas tem uma torcida significativa. E quem diria que entre rinhas de cachorros e porcos abatidos ele iria conseguir abater 33, quebrando o recorde do campeão do estado. Trinta e três é a idade de Cristo quando morreu. Trinta e três é a idade que ele completara no dia anterior. Olha para os céus e a Providência Divina dá seu sinal mais uma vez.

Edgar Wilson, o novo recordista. Ganha o troféu de ouro Porco Abatido e uma boa soma em dinheiro. Nunca pensou, sequer imaginou, que suas atitudes e investidas o transformariam em vencedor. É uma vida mesmo muito boa, pensou.

Capítulo 5

Porcos são incapazes de olhar para o céu

Cão de rinha é um cão que não teve escolha. Ele aprendeu desde pequeno o que o seu dono ensinou. Podem ser reconhecidos pelas orelhas curtas ou amputadas e pelas cicatrizes, pontos e lacerações. Não tiveram escolhas. Exatamente como Edgar Wilson, que foi adestrado desde muito pequeno, matando coelhos e rãs. Que carrega algumas cicatrizes pelos braços, pescoço e peito. São tantos riscos e suturas na pele que não se lembra onde conseguiu a metade. Porém a marca da violência e resistência à morte de outros animais nunca tiraram o brilho de seus olhos quando contempla um céu amplo. Dia ou noite, ele passa boa parte do seu tempo olhando para cima. Quem sabe espera que alguma coisa aconteça no céu ou com o céu... talvez queira retalhar algumas nuvens com seu facão.

Apesar de ter sido criado feito cão de rinha, aprendeu que isso é melhor do que ser um porco. Isto porque os porcos não podem olhar para o céu. Eles não conseguem. Anatomicamente, porcos foram feitos para olhar basicamente para o chão e se alimentar do que nele encontrarem. Edgar sabe que é um cão de briga criado para matar porcos, coelhos e homens. Porém, do porco tudo se aproveita. Coelhos podem ser comidos com azeitonas verdes e amêndoas. Para os homens oferecemos uma missa. Eles nos dão a chance de acender uma vela e rezar.

É noite de luta entre Chacal e um novo cão, um dogo argentino chamado Eclipse. O nome vem da sua capacidade de se tornar quase invisível diante do outro cão, encontrando vulnerabilidade no adversário entre as sombras que produz. E é nas sombras que ele ataca e devora. Nasceu numa noite quente, com a lua escondida entre nuvens. Porém, minutos depois ela apareceu lascada no céu.

— Vai apostar em quem, Edgar?

— No bastardo do Chacal — responde.

— Não sei. Esse outro cão se esconde nas sombras. Foi o que disseram.

— Gerson, eu vi esse cão nascer. Conheço o desgraçado desde antes de abrir os olhos.

— Eu sei, Edgar. Eu sei.

— Ele tem a esperteza da raposa e a violência do lobo. Chacal é a coisa mais ruim que já vi na vida. Tão ruim que nem faz sombra. Esse cão argentino não tem vez.

— Eu vou apostar no Eclipse — diz Gerson. — Vou botar meu dinheiro todinho nesse argentino, filhodaputa.

— Você é quem sabe. Além de cão de rinha, é argentino — fala Edgar Wilson.

— Isso faz dele duas vezes mais desgraçado — retruca Gerson.

— Você tem razão. Mas como eu disse, o Chacal não faz sombra. Não deixa rastro. E eu continuo apostando nele sempre que estiver brigando.

Edgar Wilson apaga o cigarro quando se levanta do meio-fio. Estala os dedos e ajeita o boné, pois sabe que é hora de voltar para os fundos, para a oficina. Chama o abatedouro clandestino de oficina porque é um desmanche de animais. Já trabalhou em uma oficina mecânica e todos os carros que chegavam, depois de desmanchados, terminavam pendurados por ganchos pelas paredes e prateleiras. E suas partes eram vendidas separadamente.

Deixou os porcos mais gordos para o fim do dia. No fim do dia o sol sempre dá uma trégua, um descanso necessário, já que o esforço e as investidas em carne tão gorda fazem qualquer um suar três vezes mais.

Gerson amola um pouco mais o seu facão no meio-fio. Ele gosta de impressionar as garotas da vizinhança que batem as pestanas quando veem as faíscas saírem do facão. Sente uma pontada aguda na altura dos rins e sente-se mais fraco também. O mijo tem sido apenas um muco e as dores aumentam no fim do dia. Mas é no fim do dia que deveria se sentir melhor, já que é hora de tomar um trago, jogar sinuca e colocar a conversa em dia no bar do Cristóvão.

Para homens como Gerson e Edgar Wilson isso é recompensa: o fim do dia. A trégua do sol. A sensação de dever cumprido. Sentem-se dignos de desfrutar das coisas simples e práticas da vida.

Uma viatura com pneus carecas, carroceria perfurada por balas, estaciona do outro lado da rua debaixo de muita poeira. Estranham a polícia por esses lados. Ninguém havia sido morto ou coisa parecida. Quer dizer, não ouviram nada sobre alguém morto em alguma esquina, um roubo seguido de morte ou coisa assim. É que por esses lados a polícia só aparece quando alguém de fato está morto. Só vêm mesmo para fazer a ocorrência, tomam um café enquanto esperam o rabecão e depois vão embora. Aqui, dificilmente se salva uma vida. É longe. Ninguém sabe direito onde fica. Se perdem no caminho. É o que dizem para justificar a demora. Por isso cada cidadão tem seu facão, amolado ou não. A polícia só chega mesmo para fazer a ocorrência dos fatos perante os mortos. É bem mais simples lidar com eles, os mortos. Fazem a ocorrência, abrem uma investigação e depois vão para casa jantar. Aqui também se janta. Ao menos por aqui, a morte não tira a fome de ninguém. Aprende-se a lidar com ela desde cedo. Aqui os bueiros não têm tampas, ficam expostos e tragam o primeiro descuidado. Ao menos aqui funciona assim.

— Boa tarde.

— Boa tarde.

— Boa tarde.

— Boa tarde.

— Rapaz, vocês não têm um copo d'água pra oferecer? — pergunta o policial de idade avançada.

— Pois não — responde Gerson.

— Aconteceu alguma coisa? — quer saber Edgar.

— Pois é, rapaz. Aconteceu sim — responde o policial.

— Podemos ajudar? — diz Gerson.

— Pode sim. Trazendo uma água pra começar.

Gerson sai correndo para a oficina e volta com a água. Edgar não falou mais nada desde então. Os policiais também não. O velho toma água e estala a língua de satisfação.

— Água por esses lados vale mais que ouro, não? — fala.

— É o que o meu amigo Edgar aqui sempre diz — responde Gerson.

— Vocês são Edgar Wilson e Gerson Batista, não são? — pergunta.

— Sim, senhor. Alguma coisa errada? — diz Gerson.

O outro policial, bem mais moço, permanece sem dar uma palavra sequer. Encara sério toda a conversa.

— Bem, sempre tem uma coisa e outra que não está certa, digamos. E temos um problema um tanto chato por aqui. — Ele dá uma olhada no bloco que acabou de apanhar do bolso. — Vocês conhecem um Cleiton Aparecido de Jesus?

Gerson coloca o facão na cintura e cobre-o com a camisa. Edgar abana moscas. Elas parecem sentir o cheiro da sua alma.

— Não estou lembrado — diz Gerson.

— E você? — pergunta a Edgar.

— Também não, senhor.

O policial coça a cabeça por um tempo. Depois coça o bigode. Depois suspende as calças. As calças estão apertadas. O excesso de gordura no abdômen faz Edgar suspirar pelo tanto de trabalho que o espera na parte dos fundos. Os três porcos imensos estão lá atrás e ainda vivos. Suspira mais uma vez.

— Ele desapareceu faz alguns dias e foi visto com vocês.

— Ele trabalhava com porcos? — pergunta Gerson.

— Ele era funcionário público. Trabalhava numa repartição no centro da cidade.

— Nunca conheci ninguém que trabalhasse numa repartição — murmura Gerson. — E você, Edgar?

Faz que não com a cabeça e logo acende um cigarro.

— Tem certeza que viram esse sujeito com a gente? — pergunta Gerson.

— Exato. Identificaram vocês num bar a uns dois quilômetros daqui. Ele tinha uma Fiat Uno marrom que também desapareceu — responde o policial raspando o suor da testa com o dedo indicador. Uma pequena poça cai no chão.

— Sei — diz Gerson.

Os quatro ficam calados por algum tempo. Uma caminhonete se aproxima e, antes de deixar a poeira sobre eles, o motorista grita para Edgar Wilson que buscará seu porco dentro de duas horas, não dando tempo para resposta.

— Vocês parecem ter muito trabalho — fala o policial.

— Temos sim. Matamos porcos. Todos os dias — diz Gerson, que em seguida faz sinal com a cabeça indicando o outro policial. — Ele não diz nada?

— Ele não pode falar. Sofreu um acidente durante uma operação policial e ficou mudo. Mas é um excelente policial, mesmo sem voz de ação — responde.

Ele olha para o amigo e dá um tapa em seu ombro esquerdo. O velho parece um sujeito satisfeito. Sempre satisfeito mesmo. Gerson estranha. Um policial tão velho em combate e outro tão jovem, porém mudo. Pra que servem policiais mudos? E a resposta vem prontamente, como se seus pensamentos fossem lidos.

— É melhor ser silencioso. Para um policial, às vezes, ser mudo é essencial. Afinal, quem escuta quem hoje em dia? — diz e dá uma risada rouca. Pigarreia, cospe no chão e se concentra. — Vocês têm certeza mesmo de que nunca viram esse sujeito?

— Policial, eu não me lembro desse sujeito. Mas eu e o Edgar aqui, a gente vive esbarrando com gente diferente. O senhor não deve saber, mas trabalhar com porcos exige muito da gente... aquela coisa de... o senhor sabe... fazer...

— Sociabilidade — completa o policial.

— Isso aí. Temos muito disso aí. Estamos aqui e ali e quando damos conta, já estamos em outro lugar descarregando porcos ou conhecendo chiqueiros novos. Assim... aprimorando a técnica — conclui Gerson.

Edgar Wilson já terminou seu cigarro. A conversa o aborreceu o suficiente e tudo isso só o deixa ainda mais atrasado. Apaga o cigarro na pequena poça de suor lançada ao chão pelo velho e decide falar.

— Será que não decidiu ir embora?

Ao dizer isso, Edgar Wilson sente uma imensa vontade de ir para casa e se aprontar para a rinha da noite. Sente vontade de matar os porcos restantes só no dia seguinte, mas sabe que é impossível. Precisa cumprir suas obrigações.

— Às vezes eu sinto vontade de ir embora — suspira Gerson. — Gostaria de saber se alguém ia sair por aí me procurando.

O policial escreve uns rabiscos em seu bloco, pigarreia novamente e cospe no chão.

— Não descartamos nenhuma possibilidade — diz o policial. — Fazemos nosso trabalho de maneira competente.

Gerson retira o facão da cintura e sente uma pontada na altura de seu rim. Seu mijo continua sendo um muco. Não sabe se conseguirá viver por muito tempo apenas com aquele rim. As sessões de hemodiálise estão se tornando quase diárias e seu rendimento no trabalho tem sido pequeno. Não fosse Edgar Wilson e sua amizade, Gerson já estaria desempregado há muito tempo. Edgar tem trabalhado pelos dois e nunca reclama de nada. Sabe o que é ser amigo e se sacrifica por isso.

Edgar Wilson coloca um par de luvas de borracha que estavam guardadas no bolso de trás. Ficam lado a lado. Muito sérios. O policial mais velho parece não saber o que fazer agora. Gerson fala comedido.

— Tive um tio que sumiu. Saiu pra trabalhar e nunca mais voltou. Dez anos depois, descobriram que estava morando no Pará, feliz da vida. O desgraçado deixou uma dívida pra minha tia pagar... por isso ela virou puta. Tinha que pagar a dívida e dar de comer pra cinco meninos. Chupou tanto pau que quando morreu não tinha nenhum dente na boca.

Eles permanecem calados. As moscas cantarolam ao redor de suas cabeças. Moscas grandes e nojentas. Edgar Wilson retira do bolso seu maço de cigarros. Seu último cigarro está no chão, apagado na poça de suor do policial. Amassa-o e joga para trás, sobre seu ombro esquerdo. Em dias tão ensolarados, com o ar estagnado e o cheiro de esgoto e tripas entalados no nariz, existe a sensação de que isso nunca mais acabará. Você se sente condenado num lugar desses, numa situação dessas. O mau cheiro e o calor freiam os movimentos e dificultam o raciocínio. Tudo o que se espera é pela noite. Com menos fedor e uma brisa vez ou outra.

— OK, então — diz o policial. — Edgar Wilson e Gerson, obrigado pela atenção de vocês e pela ajuda. Não vou mais tomar o tempo de vocês, rapazes. Percebo que são gente de bem, que trabalha pesado.

— Não há de quê — diz Gerson, e Edgar Wilson só acena com a cabeça cordialmente.

Os dois policiais caminham até o outro lado da rua. Entram na viatura e desaparecem virando a esquina. Depois de respirar toda a poeira deixada pela arrancada do carro, Edgar e Gerson vão para a oficina.

— Não será aquele sujeito do sequestro, Edgar?

— Pode ser.

— Lembra do nome dele?

— Não me lembro nem da cara dele.

— Que se dane. Como disse o policial, somos gente de bem e que trabalha pesado.

— Isso mesmo, Gerson. Isso mesmo. Agora, segura esse bicho aí.

Edgar Wilson acerta com um porrete a cabeça do animal. Só dá tempo para mais um grunhido e outro golpe é desferido. Ele tomba, agonizando, e o segundo da fila é arrastado para o abate. Edgar seca o suor da testa, apanha outro maço de cigarros atrás do balcão do escritório da oficina, acende um e volta às cacetadas nos porcos. "Somos gente de bem e que trabalha pesado", é o que pensa quando ateia fogo num dos porcos até fazer crepitar sua pele, antes de abri-lo de uma ponta a outra.

* * *

Padrões de Cuidados para Porcos do Humane Farm Animal Care.

*Os porcos devem ser tratados pelos encarregados com consideração para reduzir o medo e melhorar o bem-estar e o gerenciamento.

*Os encarregados devem demonstrar competência em cuidar dos animais de forma propícia e compassiva.

"Propícia e compassiva", murmura Edgar Wilson olhando para as instruções pregadas na parede do escritório do abatedouro. Anda trabalhando tanto que não costuma ter tempo para ler os cartazes pendurados no mural. Este já está amarelado e não se lembra de já tê-lo lido antes. Tapando os outros tópicos de instrução para o cuidado com os porcos, estabelecidos pelo Humane Farm Animal Care, ele lê o panfleto que anuncia uma rinha de canários. Nunca foi a uma e tudo que sabe é que eles são estimulados a disputarem uma fêmea, porém o vencedor não fica com ela. É preparado para a luta seguinte. "Terrível para os canários", pensa Edgar. Sua vida sexual anda tão boa quanto a dos canários de rinha; muito trabalho e pouca recompensa.

Deixa as luvas de borracha sobre o balcão, puxa um cigarro atrás da orelha e leva-o à boca. Está sem fósforos. Gerson entra no escritório e larga ao chão alguns ganchos novos.

— Esse rim tá me matando — reclama Gerson.

— A falta dele é que tá — retruca Edgar.

Gerson apanha um caneco de alumínio e despeja café de uma garrafa térmica.

— As sessões de hemodiálise estão me matando. Não vou aguentar esse troço por muito tempo.

O dinheiro sempre foi pouco, agora era escasso. Gerson trabalha pela compaixão do patrão e pela lealdade de Edgar Wilson. Todo o seu pouco dinheiro se converte em tratamento para os rins. Gasta muito em passagens de ônibus. Apanha dois para chegar até o hospital e mais dois para voltar. Alimenta-se mal. Dorme mal. Sabe que morrerá em pouco tempo. De alguma forma, ele sabe disso. Não tem ninguém importante nesse mundo, só mesmo Edgar Wilson. Gerson sofre de insuficiência renal crônica e sabe que de um minuto para o outro ele vai parar de funcionar. Toma mais um gole de café e vai até o banheiro. Sente um imenso ardor, suas entranhas incendeiam e urina sangue. Edgar suspira ao escutar seus gemidos.

— Sabe de uma coisa, Edgar?

— Sei de algumas.

— Mas acho que essa você não sabe.

— Então o que é, Gerson?

— Eu estou morrendo.

— Não está, não.

— Estou sim, Edgar Wilson. Eu estou morrendo. Mijo tanto sangue, estou anêmico, vomito quase todos os dias, estou quase pele e osso. Não consigo mais matar os porcos direito. Sinto dores o dia todo.

— Você está bem vivo, Gerson. Você está aqui!

— Eu só te atrapalho, Edgar. Você trabalha em dobro por minha causa.

Gerson se cala. Abaixa a cabeça. Ficam em silêncio por um instante.

— O que eu posso esperar dessa vida, Edgar? O que eu posso esperar desses médicos? Desses hospitais? Vou sangrar até morrer... vou morrer no corredor do hospital, Edgar.

Edgar Wilson acende o cigarro que está na boca há algum tempo. O estalo ao riscar o fósforo quase desbarata a conversa. Ele joga o palito apagado no chão.

— Eu sou só um abatedor de porcos. A gente não tem vez. Não vou morrer no corredor do hospital — diz Gerson, e em seguida abre um meio sorriso tentando disfarçar. — A gente se divertiu muito nessa vida, não é?

Edgar não responde.

— Não quero isso pra mim, Edgar. Não quero. Só tenho você nessa vida e sei que não vou ter mais ninguém mesmo. Quando doei meu rim pra minha irmã Marinéia, achei que isso era uma coisa boa. Que ela ia gostar de mim. Que a família ia me tratar feito herói.

Ele engole o resto do café. Os olhos estão um pouco inchados e marejados.

— Eles são uns desgraçados, Gerson. Você é o único que presta na família. É meu amigo.

Gerson ri nervoso. Aproxima-se de Edgar e lhe dá um abraço rápido. Eles são ásperos demais para demorar em um abraço.

— Vai apostar no dogo argentino esta noite? — pergunta Edgar Wilson.

— Vou sim. E ele vai ganhar desse bastardo do Chacal — responde Gerson com um sorriso. — Vamos nos divertir esta noite.

— Esta noite será a sua danação — diz Edgar.

* * *

A goma de mascar estica-se entre o banco e o traseiro de Edgar Wilson quando este levanta-se da pequena arquibancada e vai comprar mais uma cerveja. Ele não percebe o chiclete agarrado em sua calça, mas percebe que as apostas no dogo argentino estão crescendo, antes mesmo de a briga começar. Gosta de ver o cão antes da rinha.

Aproxima-se de Chacal, o cão olha para Edgar Wilson e dá um pequeno uivo.

Ele volta para seu lugar, entrega uma cerveja a Gerson e murmura consternado.

— Chacal não me parece muito bem.

— Você foi lá ver a peste?

— Dei uma espiada nele. Não gostei nada do que vi.

— E o que foi?

— Eu vi no olho do bicho que de hoje ele não passa. E ele sabe disso.

— Apostei tudo no dogo argentino.

— Eu continuo apostando no Chacal.

— Mesmo sabendo que ele vai perder, Edgar?

— Sou leal a esse cão.

— Mesmo sabendo que de hoje ele não passa?

— Mesmo assim. Até que ele morra.

Alguém atinge a cabeça de Edgar Wilson com uma lata de cerveja. É a segunda vez que a plateia de sórdidas espécies, das mais repugnantes, se manifesta com muito entusiasmo.

— Vai quebrar a cara dele? — pergunta Gerson.

— Não. O pescoço.

Edgar levanta-se e vai até o homem que o atingiu com a lata. Levanta-o pelo pescoço e joga-o dentro do cocho dos cavalos. A plateia vibra ainda mais e quase tudo vem abaixo. Gostam de ver Edgar brigar, o que é raro, salvo certas provocações. Eles aplaudem Edgar, que volta para o seu lugar.

Havia gente de todo o canto. Caminhões, carroças, bicicletas, motocicletas e carros amontoavam-se em frente ao ferro-velho do Tanganica. O próprio Tanganica passeava entre as pessoas. O negro parrudo cumprimentava e recolhia o dinheiro das apostas enquanto palitava os quatro dentes que ainda lhe restavam. Ele cheirava a pinho, mas ninguém entendia a razão. Estava sempre sujo, palitando os quatro dentes e cheirando a pinho.

A briga havia terminado na pequena arena. Nenhum havia sido morto, o dono não deixou, ainda dava para se ganhar algum dinheiro com o infeliz, mesmo todo dilacerado. Uns curativos e ele ficaria bem para mais algumas brigas.

Chacal foi trazido por Tanganica, seu dono, puxado por uma coleira de couro e amordaçado. Grunhia feito porco. Edgar se colocou um tanto apreensivo. Afastou-se da multidão e encontrou um lugar bem no alto da arquibancada. Olhou para o céu, e a lua estava escondida. Olhou em todas as extremidades do céu até onde seus olhos alcançaram e nenhum rastro.

Chacal é uma estrela, um ídolo para os frequentadores mais antigos e assim seria seu fim. Nasceu para brigar e morreria brigando. Até o último fôlego.

Gerson estava ansioso. Debruçado na arena, ele sentia muitas dores, respirava fundo e soltava um grito de coragem.

Trouxeram o dogo argentino. Eclipse entrou trotando na arena, amordaçado e puxado por uma corda. Chacal se agitou. Simultaneamente, seus donos arrancaram suas mordaças e soltaram suas coleiras. De imediato, os cães saltaram um de encontro ao outro e trombaram com fúria no ar. A fúria crescia quanto mais o cheiro de sangue dos cães se misturava ao chão de terra. Não era uma luta, era um duelo. O dogo argentino era mais jovem que Chacal, tinha a força do cavalo e a rapidez do leopardo. Edgar Wilson sabia que havia perdido todo o seu dinheiro na aposta, sabia desde o início. O cão também sabia que entraria na arena para morrer, mas morreria herói. Gerson, debruçado sobre a arena, vibrava com a vitória iminente. Edgar Wilson não viu a hora do golpe fatal em Chacal. Ele olhava para o céu. Por instantes, ele contemplou a imensidão e acompanhou o movimento das nuvens, que aos poucos permitiam que a lua aparecesse no céu.

Dias tristes podem ser frios ou quentes, cinzas ou azuis. E as sombras revestem as almas, desejos e pensamentos. E as sombras nem sempre são nossas, podem ser de qualquer um. Do muro ao lado, da onda do mar, da imensa asa no céu. Às vezes, até as estrelas parecem fazer sombra. Mesmo mortas, insistem em ofuscar com seu insistente senso de infinito. E ao pensar nas estrelas, às vezes ele gostaria de ter uma escadaria para o céu. Para apagá-las com um sopro.

Quando olha para a arena, Chacal é retirado quase aos pedaços por Tanganica. É levado para os fundos do ferro-velho e deixado lá até ser enterrado por seu dono, que cravou uma cruz de madeira com seu nome e data de nascimento, ao lado de outras cinco cruzes, de outros cinco cães. Porém, ainda havia espaço para muitas outras cruzes e sacrifícios.

* * *

A caminho de casa, por uma estradinha deserta entre árvores e arbustos secos, Gerson e Edgar estão calados. Foi uma noite difícil. Mas o que estava feito estava feito. Gerson para diante de uma árvore, coloca o copo de cerveja no chão e mija com muita dor. Ele arfa enquanto fecha a braguilha. Permanece parado mesmo depois de terminar. Edgar o espera, paciente. Minutos depois, ele volta sem o copo.

— Está piorando, Gerson? — pergunta Edgar.

Ele acena positivo com a cabeça. Está suando mais que o normal. Respira fundo. Avança para a frente em sinal de vômito, coloca a mão na boca e segura as entranhas de escapulir. Ele começa um caminhar trôpego. Ri estranhamente. Embaralha as pernas e cai no chão em convulsão. Envenenou-se. Edgar agacha e segura seu corpo.

— Eu te venci, não é, Edgar?

Edgar senta-se no chão e apoia a cabeça do amigo sobre o peito. Abraça-o e diz:

— Venceu sim, seu filhodamãe.

Gerson estremece e começa a ficar difícil falar.

— O que vai fazer com o dinheiro que ganhei, Edgar?

— Vou te enterrar.

Gerson dá uma risada doída.

— Faz uma viagem. Eu nunca viajei.

— Pra onde eu vou?

— Ver a neve.

— É muito longe.

— Eu ganhei bastante dinheiro. Vende a geladeira, você não vai precisar mais dela.

— É, não vou, não.

— Me promete que vai ver a neve?

— Eu prometo que acho essa desgraçada dessa neve.

E ele não diz mais nada. Edgar não sabe o que fazer, então decide ficar abraçado ao corpo de Gerson até o dia amanhecer. Quando amanhece, o sol não sai. Faz um dia nublado com rápidas pancadas de chuva. Edgar não vai trabalhar. É seu dia de folga. Vende a sua geladeira nova, alguns outros poucos objetos de pequeno valor, apanha o bom dinheiro que Gerson ganhou na rinha e junta às suas economias, guardadas numa lata de biscoito amanteigado. Joga uma mochila nas costas e vai para a rodovia mais próxima. Andou muito até chegar. Conseguiu carona num caminhão que seguia para o Sul. Iria para o Sul. Cruzaria o país, atravessaria fronteiras até encontrar neve. Alguma neve.

O trabalho sujo dos outros

"Adiante dele vai a peste,
e a pestilência segue os seus passos."

Habacuque 3:5

Capítulo 1

O lixo está por todo lugar e é de várias espécies: atômico, espacial, especial, hospitalar, industrial, radioativo, orgânico e inorgânico; mas Erasmo Wagner só conhece uma espécie de lixo. Aquele que é jogado pra fora de casa. A imundície, o podre, o azedo e o estragado. O que não presta pra mais ninguém. E serve apenas para os urubus, ratos, cães, e pra gente como ele. Costuma trabalhar no caminhão de lixo parte do dia, com escalas alternadas no turno da noite. Conhece o conteúdo de alguns sacos só pelo cheiro, formato e peso. Já teve tétano. Já teve tuberculose. Já foi mordido por rato e bicado por urubu. Conhece a peste, o espanto e o horror; por isso é ideal para a profissão que exerce.

Leva para casa para revender aquilo que acha em bom estado: colchão, estrado de cama, vaso sanitário, portas, armários, grades, cofres, cadeiras, canos e o que mais puder ser aproveitado. Lucra metade de seu salário com a venda do lixo.

Não pensa nos miseráveis dos aterros sanitários que também poderiam lucrar com o que há de melhor no lixo. Ele realmente não se importa. Assim como quem está acima dele não se importa também. Na escala decrescente de famintos e degenerados, ele ocupa um posto pouco acima dos miseráveis. É como levar um tiro de raspão.

No itinerário de Erasmo Wagner são recolhidas mais de vinte toneladas de lixo por dia. A riqueza de uma sociedade pode ser medida pela sua produção de lixo. Vinte toneladas num itinerário consideravelmente pequeno o faz pensar no tanto que se gasta. No tanto que se transforma em lixo. Mas tudo vira lixo, inclusive ele é um lixo para muitas pessoas, até para os ratos e urubus que insistem em atacá-lo. Mas não liga, esses agem por instinto. Sentem seu cheiro podre e avançam. Os outros, seus semelhantes, não avançam, eles recuam para longe. Como fazem com os detritos que jogam pra fora de casa, os restos contaminados. O seu cheiro afasta as pessoas para bem longe.

Sua vida não é um lixo. Sua vida é muito lixo. Seu olfato está impregnado com o aroma do podre. Seu cheiro é azedo; suas unhas, imundas; e sua barba crespa e falhada é suja. Ninguém gosta muito de Erasmo Wagner. Dão meia-volta quando está trabalhando e ele prefere assim. Prefere os urubus, os ratos e a imundície, porque isso ele conhece. Isso o sustenta. As pessoas em geral lhe dão náusea e vontade de vomitar.

Sua namorada, Suzete, não se importa. Suzete é faxineira de banheiro público. Ela cheira a mijo, bosta e pinho.

— Como assim estenderam o itinerário? — grita Erasmo Wagner, ensopado de chuva para o motorista do caminhão.

— A gente tem que cobrir mais dois quarteirões — responde o homem.

— Mas por quê?

— O outro caminhão quebrou no meio da coleta. A gente precisa terminar o serviço deles.

Erasmo Wagner não gosta de fazer o trabalho sujo dos outros. Joga mais dois sacos na caçamba do caminhão, aciona o compactador de lixo e em seguida sobe no estribo do carro agarrando-se a uma barra de ferro. Ele já está bem acostumado a se segurar ali. De pé, mesmo em curvas fechadas, consegue cochilar.

— A gente recolhe o lixo extra, mas não vai receber mais por isso, né? — pergunta Valtair, o trabalhador novato.

— Pode apostar que não. A gente tinha que ganhar por tonelada que recolhe. E o pior é que sempre tem um lixo extra.

O caminhão barulhento para a cinco quadras dali e iniciam a coleta do lixo extra.

— Não gosto de rua de gente rica — diz Erasmo Wagner. — Tem muito mais lixo.

— Eles têm mais dinheiro pra gastar, é isso — responde Valtair.

A chuva engrossou nos últimos minutos. O tempo escureceu. No meio da tarde, eles avistam trevas. Vestem uma capa preta de plástico. Parecem mercadores da morte recolhendo sacos pretos e despejando conteúdos nojentos de latões de lixo direto no compactador, ou, como eles chamam, na boca da "esmagadora".

— Dinheiro sempre vira lixo. Lixo e bosta — diz Erasmo Wagner. — Meu primo Edivardes trabalha desentupindo esgoto. Isso sim é um trabalho de merda. Você precisa ver o esgoto das áreas mais ricas. Ele diz que é uma bosta densa.

Erasmo Wagner corre para apanhar um saco de lixo grande que caiu na rua. Chuta um vira-lata que abocanhou uma cabeça de galinha. O bicho foge grunhindo sem largar o pedaço de carne podre. Joga o saco na caçamba do caminhão.

— Bosta pesada? — pergunta Valtair, rolando um latão.

— Isso. É merda concentrada. Comida boa faz isso. Merda de pobre é rala e aguada. O Edivardes conhece a pessoa pela merda que produz. Ninguém engana ele não. Ele sabe das coisas.

Eles correm de um lado para o outro recolhendo sacos grandes e pequenos. Disputam a chutes com os cachorros o lixo que precisam recolher, e a tapas, com os mendigos que buscam o que comer. Valtair espera que um mendigo termine de vasculhar um dos sacos de lixo. Erasmo Wagner puxa o saco e joga no caminhão. Valtair sente-se desolado.

— Daqui a uma semana você vai tratar todo mundo igual. Cachorros e mendigos — diz Erasmo Wagner. — O cheiro podre faz isso. Daqui a um tempo você só vai sentir esse cheiro.

Erasmo Wagner abaixa-se para desgrudar das botas algumas folhas de jornal cagadas. A chuva continua intensa. O tempo está abafado. O lixo mais azedo que o normal.

— Não dá pra esperar pelos cachorros e mendigos — Ele diz. — Eles fodem com o nosso trabalho. Espalham comida pra todo canto. Cagam tudo.

— Anda logo aí, vocês! — grita o motorista do caminhão.

Erasmo Wagner não gosta do motorista do caminhão. É um sujeito asqueroso que não gosta do lixo. Só gosta de dirigir e fumar. Acende um cigarro e come meia tigela de angu à baiana sentado ao volante, enquanto eles correm, sem descanso, debaixo da chuva grossa. A cabine é para o motorista. O estribo localizado na traseira do caminhão é para o coletor. Não importam as condições climáticas, é lá que ele vai; equilibrando-se sobre o estribo, agarrado a uma barra de ferro ou corda. O que importa mesmo neste trabalho é recolher o lixo e respeitar as hierarquias.

O caminhão em que trabalham não possui sistema de coleta semiautomatizada. Eles precisam mesmo colocar a mão na sujeira. São todos os tipos de riscos. Mas riscos estão por toda parte.

Depois de uma corrida, Valtair retorna com uma galhada.

— Você não pode colocar isso aqui — diz Erasmo Wagner. — É o outro pessoal da coleta que pega isso. A gente fica só com o lixo dos sacos. Galhos estragam a "esmagadora".

Depois de concluírem a coleta dos dois quarteirões extras, eles pulam pra cima da caçamba apoiando-se nos estribos e sacudirão até voltarem para o depósito. Sacudirão cerca de vinte minutos seguidos. Isso dá bastante tempo pra pensar na vida. Os vinte minutos se estendem em quase uma hora. A chuva causou engarrafamentos por quase toda a cidade. A merda está saltando dos bueiros, o asfalto está se rompendo e isso indica mais sujeira no dia seguinte.

Do outro lado da rua, em meio ao engarrafamento, escutam gritos e latidos. Um homem idoso está sendo atacado por um cão pit bull feroz como um cão de rinha. O homem cai, eles correm para ajudar. Valtair tenta espantar o animal com um pedaço de pau. Isso só o deixa mais enfurecido. O motorista do caminhão vê pelo retrovisor o que está acontecendo. Ele abre a porta e desce rápido. Cai no chão e levanta-se em seguida. O cão tenta abocanhar o pescoço do velho. Ele tenta se defender. Valtair grita tentando espantar o cão.

Erasmo Wagner apenas olha a cena. Já foi mordido por um cão quando criança. Já tomou pauladas de um velho por ter roubado duas laranjas, quando criança. Ele estava com fome naquele dia, e ainda não tinha força nem tamanho para trabalhar ou se defender, tanto do cão quanto do velho.

Para ele pouco importava quem sobreviveria. O cão rasgaria o velho. Velhos têm a pele mole, ele sabe bem disso, pois já matou um. Mas isso faz tempo e o velho não prestava. Ele já pagou pena por isso, está livre para coletar o lixo do mundo inteiro se precisar. A cadeia o fez apreciar os dejetos.

Valtair está quase chorando. Ninguém ali poderá fazer nada, a não ser ele. Estala os dedos e apanha um canivete do bolso do casaco. Pula em cima do cão e crava o canivete em seu pescoço. O cão parece não sentir nada. A fúria anestesia o corpo. Erasmo Wagner também sabe disso. Puxa o cão contra seu próprio corpo e rolam pelo chão. Ele grita para o motorista ligar a "esmagadora".

Erasmo Wagner é um brutamontes. Antes de coletar lixo, quebrou asfaltos com uma britadeira durante seis horas por dia. Rachou mais de 30 quilômetros de asfalto debaixo de sol escaldante. Faz tempo que não briga, que não defende ninguém, a não ser ele mesmo.

O motorista arrasta aquela pança enorme pra dentro do caminhão novamente. Erasmo Wagner abraça o cão pelas costas. Corre para o caminhão. A esmagadora está pronta para mastigar detritos e ossos caninos. Ele joga o cão lá dentro e consegue desenterrar seu canivete de estimação do pescoço da besta-fera pouco antes de a esmagadora arriar. Pedaços do cão são devorados e regurgitados. O sangue e um pouco de tripa espirram em Erasmo Wagner. Ele limpa o rosto com as costas da mão. As entranhas da besta fedem a carniça. Depois de tudo, Erasmo Wagner precisará tomar mais cuidado pra não ser devorado pelos ratos e urubus.

Valtair ajuda o velho a se levantar. Ele se feriu pouco. Alguém chama um guarda num posto policial próximo. O dono do cão aparece. Quer saber onde está o animal. Erasmo Wagner mostra o que há na "esmagadora". O rapaz agacha-se e vomita açaí com granola. Quer ser indenizado. Quer discutir.

— Você sabe com quem está falando? — pergunta o rapaz.

— Eu conheço o seu lixo — diz Erasmo Wagner. — Eu sei com quem tô falando.

Diz isso e parece ser bem maior do que é. Enfurecido e ensanguentado ele se torna assustador. O rapaz se cala. O policial quer levar todo mundo pra delegacia.

— Ainda tenho trabalho pra fazer — diz Erasmo Wagner.

— Vamos todos pra delegacia — fala o policial. — Vocês, o caminhão, até porque o infrator está dentro do caminhão, certo? Então preciso levar todo mundo pra delegacia.

— Ele tá dentro do compactador — diz Valtair.

— A gente leva o que sobrou assim mesmo.

Horas depois, eles são liberados. Os restos mortais do cão serão recolhidos pelo dono ao chegarem no depósito. Ordem do delegado. O cão terá direito a um enterro. O velho decide dar uma gratificação de quinhentos reais a Erasmo Wagner. Ele não aceita. Despede-se e pula na traseira do caminhão acompanhado por Valtair. Foi um longo dia. A chuva parou faz tempo. A noite está abafada. Estão exaustos e famintos.

— Ainda não sei como você conseguiu jogar aquele bicho dentro do caminhão.

— Eu odeio cães, Valtair. Odeio quase tudo o tempo todo.

— Por quê?

— Não sei.

Erasmo Wagner olha para dentro da caçamba e pensa que já não há espaço no mundo pra tanto lixo. Que serão todos sufocados por ele. Um mar de imundície sacrificará a humanidade com seus próprios dejetos.

— Tem lixo demais no mundo... talvez seja isso. — murmura Erasmo Wagner.

— Você se importa? — pergunta Valtair.

— Nem um pouco. Sei que trabalho não vai faltar.

— E eles dizem por aí do ecossistema, né?

— Estou pouco me fudendo pra essa porra de ecossistema. Quando o mundo estiver mais na merda do que tá, já morri faz tempo. — Faz uma pausa. Acende um cigarro. — Não me olha com essa cara. Você também está pouco se fudendo. Estou preocupado mesmo é com o meu dente podre. Dois. Estão doendo pra cacete.

Ele aperta o rosto e dá um gemidinho. Cospe um pouco de sangue dentro da caçamba.

— Mesmo podre o seu dente vai durar bem mais que você — diz Valtair. — Dente dura milhões de anos. Mesmo podre.

Erasmo Wagner não diz mais nada. Fica calado durante o resto da viagem até chegarem ao depósito. Está esgotado. Foi um dia de merda e espera que a noite seja melhor, mesmo abafada.

Capítulo 2

A britadeira só foi desligada no fim da tarde, quando ainda chovia muito. O trabalho sempre é dificultado pela chuva. Alandelon quebra asfaltos há seis anos. Seu corpo está talhado e rígido, assim como seu cérebro sempre foi: embrutecido. Ele é irmão caçula de Erasmo Wagner e primo de Edivardes, que desentope esgotos. Não quebrou nem a metade de asfaltos que o irmão quebrou. Ainda precisa superar 15 quilômetros de extensão. Um trabalho pesado.

Tira o macacão amarelo de mangas compridas, o capacete, e apanha uma garrafa d'água ao se sentar. Os batimentos cardíacos estão acelerados. É sempre assim quando termina o trabalho. O corpo vibra durante algum tempo. Os músculos estão sempre tensos e ele se torna insensível, podendo ser espetado, perfurado, sem se dar conta. Uma corrente elétrica de alta tensão percorre suas veias, músculos e ossos. Quando termina, tudo é silêncio.

Permanece surdo durante horas, por isso sempre fala muito alto. Precisa encontrar outro trabalho antes de ficar surdo pra sempre, mas se todos pensarem assim, quem quebrará os asfaltos? Ninguém sabe, mas ele sim: trabalhos como esse fazem com que você vá direto pro céu. Nem o diabo aguentaria tanta provação. É um trabalho em que se aposentam cedo. Sequelados em sua maioria.

No espelho retrovisor da caminhonete que os levará de volta à empreiteira, ele cofia sua barba. Orgulha-se da barba. Apara regularmente e penteia com cuidado. Permanece olhando-a por algum tempo sem ter no que pensar. Quando se quebra asfalto, se recolhe lixo ou se desentope esgotos diariamente, seu cérebro passa a ser um órgão subnutrido. É difícil entender um detalhe a mais. Se interessar por alguma coisa fica um pouco mais difícil.

Chega em casa depois de Erasmo Wagner. Eles moram juntos. Cuidam da casa, do quintal e de duas cabras leiteiras chamadas Divina e Rosa Flor. Elas dão leite diariamente. Parte do leite, vendem; a outra parte, consomem. Não é muito, mas aprenderam a viver com o pouco.

— Amanhã, o seu Aparício trará o bode dele — diz Alandelon.

— Mas eu não tinha decidido se queria minhas cabras cruzando com o bode dele — responde Erasmo Wagner.

— O bode dele é premiado.

Erasmo Wagner apanha mais um torresmo no prato sobre a mesa e mergulha dentro da gema mole do ovo estrelado. Antes de enfiar na boca, toma um gole de café fresco. Alandelon acende um cigarro e apoia-se no batente da porta da cozinha. Ainda sente-se surdo com o zumbido constante como o som do motor de uma bomba d'água. Ainda ficará assim por muito tempo. Erasmo Wagner permanece falando e Alandelon já consegue compreender, entre as poucas palavras que lhe são audíveis, o assunto em questão.

— E se eles fizerem mesmo essa greve? — pergunta Alandelon.

— Somos obrigados a aderir. Se os motoristas dos caminhões de coleta param, a gente para também.

Erasmo Wagner pensa um pouco e suspira certa nostalgia. A realidade de seu trabalho é desprezível. O adicional de insalubridade que recebe por trabalhar em atividade de alto risco é vergonhoso. Mas para sujeitos como ele só resta arriscar a vida para mantê-la. Às vezes um colega cai do caminhão, é atropelado, infecta-se com doença contagiosa, amputa um braço ou uma mão no compactador de lixo, ganha uma hérnia de disco devido ao peso que carrega, torna-se um inválido, é afastado do trabalho e esquecido como o lixo que é recolhido nas calçadas e depositado nos aterros sanitários. Não importa sua cor, seu cheiro, seu paladar. Não importa o que pensa, deseja, planeja ou sinta. O que importa é que recolha o lixo, leve-o para bem longe e desapareça junto dele.

— Se eles não quiserem pagar o que a classe tá pedindo, ninguém vai recolher o lixo.

Alandelon sente o volume do som do motor de bomba d'água diminuir. É um conforto quando isto ocorre. Ele toma analgésicos a cada oito horas para suportar o zumbido e as dores de cabeça que ameaçam sua estabilidade emocional. Sim, Alandelon é um sujeito estável.

— Erasmo, você acha que eles estão falando sério?

— Tenho certeza. Você vai ver, Alandelon, você vai ver esta cidade apodrecer.

* * *

Erasmo Wagner lava as mãos num tanque encardido no fundo do quintal. Acabou de acordar e é ainda muito cedo, mas percebe o calor que virá nas próximas horas. Cumprimenta as cabras. Elas ruminam. Apanha um caneco preto, seu banquinho de madeira e vai se sentar ao lado de Divina, a cabra mais gorda. Ela está um pouco agitada. Bate as patas no chão. Ele precisa amarrá-la. Divina sempre foi arisca, uma cabra da peste.

Segura suas tetas e começa a ordenhá-la. Os primeiros jatos são despejados dentro do caneco preto. Erasmo Wagner olha por alguns instantes o conteúdo do caneco. Não está satisfeito.

— Erasmo, não tem pão hoje, não — grita Alandelon, em pé ao lado de Erasmo Wagner.

— Vai comprar! — grita de volta para o irmão.

— A padaria não abriu hoje, não.

Erasmo Wagner lamenta a provável falta do café da manhã. Porém, hoje irá trabalhar no turno da noite. Não precisa se preocupar tanto. Mas a preocupação aumenta com o estado de surdez de Alandelon. Ele é muito jovem e já está sequelado. Precisa gritar o tempo todo para que ele o escute e isso tem feito sua garganta doer.

— Por quê? — grita Erasmo Wagner.

— Mataram o padeiro — grita Alandelon. — Tem um bilhete lá na porta dizendo que mataram ele essa madrugada.

— Então vai lá na outra. Na rua de baixo.

— É longe. Vou chegar atrasado à empreiteira. Vou comer esses torresmos aqui, pode?

Alandelon segura o prato com os torresmos do dia anterior, de pé ao lado do irmão, e ainda assim cada palavra precisa ser gritada. "O que se há de fazer?", suspira Erasmo Wagner.

— Pode comer. Eu como depois algum troço aí.

Diz isso e volta à atenção ao conteúdo do caneco. Ordenha Divina mais um pouco, lança os jatos quentes no caneco e constata que o leite aguado contém grumos, pus e está amarelado. É mastite. Joga o leite contaminado aos pés de uma bananeira. Precisa vacinar a cabra.

Divina doente traz grandes preocupações. Ela dá em média quatro litros de leite por dia. Cento e vinte litros de leite por mês, aproximadamente. Cada litro é vendido a dois reais. Um prejuízo de duzentos e quarenta reais no mês. O teto da casa precisa de reparos. Guarda o lucro da cabra dentro de um porco de barro. Não haverá lucro este mês. Seus dentes podres vão doer por mais algumas semanas. E o teto desabará no próximo temporal.

Apanha a outra cabra, Rosa Flor. Esta é meiga e de olhos adocicados. Seus primeiros jatos de leite espumante e perfumado dentro do caneco indicam que está saudável. Ordenha Rosa Flor sob os olhares de Divina, que rumina alto. Está enfurecida. Ele acha melhor deixá-la amarrada à cerca de pau até terminar.

— Você andou ordenhando a Divina com a mão suja, né?

Alandelon está na cozinha, sentado à mesa. Não responde. Permanece comendo torresmo e bebericando café.

— Você andou ordenhando a Divina com a mão suja? — grita Erasmo Wagner.

— Você disse alguma coisa?

— É claro que eu disse. Tô dizendo faz tempo.

Alandelon expressa um ar de consentimento e toma mais um gole de café. Erasmo Wagner continua esperando pela resposta do irmão.

— O que você disse? — grita Alandelon.

— Você ordenhou a Divina com a mão suja?

— Ordenei?

— Or-de-nhou.

— Quando?

— Não sei... você ordenhou ela alguma vez com a mão suja?

Ele pensa um pouco. Mastiga mais um torresmo e responde:

— Não lembro. Por quê?

— Ela tá doente. O leite tá podre.

— Quê?

— É doença. Mastite. Agora preciso comprar vacina pra ela.

— Quê?

— Se você falar "Quê?" mais uma vez eu te arrebento a cara.

Alandelon não ouviu praticamente nada do que seu irmão falou, mas sabe que está nervoso. Ele puxa tufos da barba quando está muito irritado. Sendo assim, Alandelon engole o último torresmo, apanha sua mochila e vai depressa pro trabalho. Erasmo Wagner apanha um cartão telefônico e caminha duas quadras até chegar ao telefone público mais próximo.

— Ela tá com o leite podre.

— Tá com pus?

— Tá, sim.

— Você precisa dar uma vacina a ela. Tá custando oitenta e cinco reais.

— Não tem outra mais barata?

— Não. Só tem essa mesmo.

Erasmo Wagner arranca fiapos da barba crespa. Não há alternativa. Precisa cuidar de seus investimentos pessoais. Quer multiplicar a criação de cabras.

— Traga a vacina à tarde — diz ao homem do outro lado do telefone.

— Não posso ir aí. Traga ela à noite até aqui que eu dou um jeito.

— Eu trabalho hoje à noite. Eu levo ela aí amanhã.

Não havia jeito a não ser aceitar. Volta pra casa apressado e encontra seu Aparício, Tonhão e seu bode parados em frente a seu portão.

— Ó, Erasmo, vim trazer o Tonhão pra ficar aí com suas cabras.

— Eu ainda não resolvi isso.

— Mas, rapaz, você precisa procriar isso aí. Tonhão é bode premiado. O único bode premiado dessa região. Ele vai fazer o serviço direitinho. Fica com ele aí por uns dias e depois eu venho buscar o menino. Tonhão é dez!

Uma kombi aproxima-se e seu Aparício despede-se:

— É meu filho... tenho que ir. Cuida bem do meu Tonhão, hein?

Pula pra dentro da kombi e deixa Erasmo Wagner e Tonhão parados na calçada. Antes de a poeira deixada pelo arranque da kombi cobrir a visão de Erasmo Wagner, ele nota a medalha dourada pendurada no pescoço de Tonhão. O animal é empertigado. A medalha badala após um breve berro do animal. O dia começou com certas dificuldades, e, pela cara do bode, há chances de piorar.

* * *

Antes de trabalhar recolhendo lixo pela cidade, Erasmo Wagner foi ajudante do caminhão de lixo que descarrega no aterro sanitário. Passou meses fazendo esse trabalho diário. Um biscate para sobreviver nos dias difíceis. E nesse período contemplou o horror e a miséria. O lixo orgânico e humano. O subproduto de uma sociedade.

Quando se aproximavam do local de despejo do lixo, eram cercados por pessoas que esperavam ansiosas pelo resto dos outros. Pelos dejetos nossos de cada dia. E era sempre uma festa.

Todos os dias contemplava um estado raro de alegria. Um impacto fulminante de horror. Muitos do que sobreviviam do lixo também moravam nele. Acampavam em torno do lago de decomposição conhecido como chorume.

Ao ouvir a palavra pela primeira vez, sentiu tristeza. O motorista do caminhão lhe disse: "É uma coisa que vai te deixar perturbado. Depois de tantos anos descarregando lixo lá, ainda sonho com aquele lago."

Todo o lixo transforma-se num líquido poluente de cheiro insuportável originado de processos biológicos, químicos e físicos da decomposição de resíduos orgânicos. Esse líquido forma valas entre as dunas de dejetos, sulcando a terra até despejar-se num mesmo vão e dar forma ao imenso lago.

Não é um lago de enxofre como no inferno. É pior. O chorume é o fim de todas as coisas. Restos de comida, resíduos tóxicos e cadáveres insepultos terminam ali. Erasmo Wagner teve um primo assassinado e deixado naquele mesmo lixão. Morto por engano. Quando olhava para o lago, balbuciava uma breve oração. Chorume é um choro interminável e maldito. São lágrimas deterioradas de olhos flagelados.

Erasmo Wagner adora trabalhar no turno da noite. É quando a cidade está em baixa e os lixos se amontoam nas calçadas dos prédios. Mesmo em épocas muito abafadas, à noite sempre existe uma brisa.

Não há pressa. Seus passos ecoam. Suas piadas em voz alta também. No turno da noite, além de Valtair, o novato, contam com a companhia de Jeremias, o outro lixeiro.

Este não tem a mão esquerda. Ela foi triturada no moedor de cana de um bar em que trabalhou. Talvez por isso seja tão habilidoso. Seu trabalho rende por dois, precisa mostrar-se merecedor de recolher o lixo mesmo com apenas uma mão. Ele apanha um saco dos grandes, com a ajuda do punho esquerdo e mira na caçamba do caminhão a distâncias cada vez maiores.

— Você deixou aquele saco pra trás — diz Jeremias para Valtair. — Você precisa ser mais limpo, cara. Você pega o lixo e deixa a metade cair na rua. Pra trabalhar com isso, você precisa ser limpo, entendeu?

Jeremias gosta de ordem e limpeza. Quando passa por uma rua, percebe-se a qualidade de seus serviços. Ele não deixa nem uma guimba de cigarro pra trás. Não faz lambança como muitos lixeiros, que deixam um rastro de sujeira pela rua. Jeremias não deixa nem pegadas por onde passa. É um homem limpo e cheira a alfazema. Mesmo quando transpira demais.

— Tô com um bode lá em casa — diz Erasmo Wagner.

— Problemas, né? Também tô — fala Valtair.

— Não. É um bode de verdade. Se chama Tonhão. Tá lá pra trepar com as minhas cabras leiteiras. Mas eu não tô confiando muito nesse bode, não.

— Bode fede muito. Caga o tempo todo — diz Valtair.

Erasmo Wagner sobe no caminhão apoiando-se no estribo, seguido por Jeremias e Valtair. O estribo está um pouco escorregadio. Precisa se firmar muito para não cair durante os solavancos seguintes. Seguem para a próxima rua.

— A Divina, minha cabra mais gorda e que dá mais leite, tá com o leite podre. Preciso dar uma vacina para ela — ele coça a barba. — Meu dente tá podre, o leite da cabra tá podre...

— Parece uma maldição — diz Jeremias.

Saltam do caminhão quando chegam na rua para continuar a coleta. Jeremias amarra num radinho de pilha um elástico e passa-o em volta da cabeça. O radinho fica colado ao ouvido esquerdo e o elástico atravessado na testa, por toda a cabeça. Gosta de escutar música enquanto trabalha. Os outros acham graça de vê-lo desse jeito, mas ele não se importa. Puxa a antena, sintoniza numa estação e cantarola.

Erasmo Wagner cutuca o dente. Está doendo. Coloca as luvas e corre para apanhar alguns sacos de lixo. O caminhão é sempre barulhento e o som ecoa por toda rua. Valtair é sempre atrapalhado, deixa metade do lixo pelo caminho e volta sempre para apanhar. Jeremias está concentrado nos seus rápidos movimentos e na música tocada no radinho. Parece ser uma noite comum. Mas Erasmo Wagner sente uma certa aflição. Ele sentia isso nos tempos de cárcere, pouco antes de uma tragédia acontecer. Em presídios, as desgraças são anunciadas por um rastro de trevas. É o que ele sente agora.

No final da rua, vê um rapaz deixar um grande saco preto na calçada, ao lado de uma árvore, e sair andando apressado. Erasmo Wagner percebe o rastro de trevas. Seu coração acelera. Isto é um mau sinal. Ele começa a se distanciar de seus companheiros. O sujeito que abandonou o saco preto ainda não virou a esquina. Erasmo Wagner apressa seus passos em direção ao saco jogado no chão. Ele conhece o conteúdo de alguns sacos só pelo cheiro, formato e peso.

Rasga o saco com o seu canivete. O garoto ainda dá um suspiro quando sente a brisa da noite. Seu peito foi aberto e costurado grosseiramente com fio de náilon preto. Está todo roxo. E pelo conteúdo do saco de lixo em que o garoto se transformou, Erasmo Wagner percebe que faltam alguns órgãos dentro dele. Está oco. E morre de olhos arregalados, pouco antes de tentar dizer alguma coisa.

— Erasmo! — grita Valtair. — Que cê tá fazendo aí, cara? O lixo tá todo aqui.

— Deixaram esse aqui — grita de volta Erasmo Wagner.

Valtair corre em direção a Erasmo Wagner. Começa a bater no peito, justificando-se.

— Mas eu recolhi tudo. Não vai botar a culpa em mim — diz Valtair aproximando-se. — Eu recolhi toda a bosta do lixo e não deixei cair nada pra trás.

— Mas alguém deixou — diz Erasmo Wagner.

Valtair olha para o garoto morto dentro do saco. Suspende a ânsia de vômito. Faz pouco tempo que o lixo não lhe perturba mais os sentidos, mas não está preparando para os mortos despejados em calçadas.

Erasmo Wagner se levanta e corre atrás do sujeito que abandonou o saco e some ao virar a esquina. Ele procura pelas brechas da noite e pelos vãos esguios da cidade, mas não vê ninguém por ali. Lembra-se de ter ouvido o som do motor de um carro. Foram mais rápidos que ele.

Volta para onde estava o saco preto com o corpo do garoto. Valtair está de joelhos e ora.

— Levanta. Temos de avisar a polícia.

— Quem faria uma coisa dessas, Erasmo?

— Não sei, Valtair. Não sei mesmo.

Erasmo Wagner abaixa-se e tenta fechar o saco preto preservando o seu conteúdo. O motorista do caminhão aciona a polícia. Jeremias, o maneta, espia o conteúdo do saco e diz:

— Precisamos continuar. Tem muito lixo pra recolher esta noite.

— Mas ele está morto — diz Valtair.

— Eu sei. Ele não precisa da gente. O lixo é que precisa.

Ao dizer isto, Jeremias aumenta o volume do radinho de pilha e volta a recolher o lixo. Erasmo Wagner suspende Valtair pelo braço e o faz caminhar ao seu lado.

— Era só um menino, Erasmo, só um menino.

Esta cidade atinge a todos: aos meninos, às mulheres, aos órfãos, aos velhos. Esta cidade não faz acepção. Tudo se transforma em lixo. Os restos de comida, o colchão velho, a geladeira quebrada e um menino morto. Nesta cidade tenta-se disfarçar afastando para os cantos o que não é bonito de se olhar. Recolhendo os miseráveis e lançando-os às margens imundas bem distantes.

Capítulo 3

Edivardes desentope latrinas, pias, ralos, tanques, esgotos, canos, colunas de prédios e conduítes. Chafurda mais na imundície que porcos. E na imundície produzida pelos outros é que consegue sobreviver dignamente do seu trabalho. Tem duas filhas estudando em escola particular. E para se dar a este luxo, também limpa fossas sépticas, fossas negras, poço de recalque, caixa de decantação, caixa de gordura e caixa com produtos químicos.

— Quer dizer então que as cabras estão doentes? — pergunta Edivardes.

— Não. Só a Divina. Precisa da vacina. Está com mastite — responde Erasmo Wagner.

— O leite tá podre então.

— Isso mesmo.

Erasmo Wagner e seu primo Edivardes tomam café da manhã numa padaria enquanto esperam por Alandelon. Eles sempre se reúnem nas manhãs de sábado. Foram criados juntos pela mãe de Edivardes quando Erasmo Wagner e Alandelon ficaram órfãos. A tia foi mais que mãe e pai. A tia é a pessoa que está abaixo de Deus. Estando logo abaixo de Deus, está suscetível a qualquer dano ou malefício. E a mão de Deus pousou sobre ela, pois encontra-se doente, uma doença degenerativa. Está murchando. A pele enrugada e escura tem a textura de um torresmo de porco. Pode-se contar os cabelos e dentes que lhe restaram. Já não anda mais. A lucidez é conservada nas histórias do passado. Todos os dias, Erasmo Wagner lhe faz uma visita, ouve suas histórias e lê para ela um trecho do Velho Testamento.

Edivardes pinga um pouco de leite em seu café e Erasmo Wagner bebe o seu café preto sem açúcar.

— Você se lembra do seu Manolo Amanso que criava cabras na rua 35?

— Sei que ele teve brucelose — responde Erasmo Wagner.

— Isso mesmo — diz Edvardes consternado. — Maldita cabra.

Erasmo Wagner acende um cigarro. Edivardes pigarreia. Alandelon entra na padaria. Edivardes o chama pelo nome. Ele passa direto e vai para o banheiro sem lhe dar atenção.

— O que ele tem, Erasmo?

— Ele não anda escutando muito bem.

— A britadeira está acabando com ele.

Erasmo Wagner traga o cigarro e batuca os dedos na mesa.

— Dizem que foi uma cabra doente que passou a doença pro seu Amanso. Ela tinha até feridas na pele — comenta Erasmo Wagner.

— Ninguém sabe direito há quanto tempo ele tinha isso. Parece que a coisa já estava nele há muitos anos. Quando deu por si, já tinha atingido os rins, o coração, o fígado. Sobrou muito pouco dele — conclui Edivardes.

Alandelon puxa uma cadeira e senta-se junto ao irmão e ao primo. Parece preocupado. Pede para ser servido. Quer um café com leite, pão torrado e ovos mexidos. O atendente não estranha o tom alto da voz de Alandelon. Já está acostumado. Todo o sábado é a mesma coisa. O mesmo pedido. O mesmo tom de voz sem medida.

— Pela tua cara aconteceu alguma coisa — diz Erasmo Wagner.

— Hein?

— O QUE ACONTECEU?

Alandelon passa a mão na barba suavemente. Ela está limpa e perfumada. Desliza o olhar na mancha formada por umidade na parede em sua frente. Uma mancha esguia, assimilando-se a um rio turvo e imundo que parece desaguar em lugar algum. Ele volta a atenção para seu irmão.

— O bode comeu seu sapato.

Erasmo Wagner toma um gole do seu café. Este gesto, que não acompanha palavra sequer, quer dizer: "Continue, estou te ouvindo."

— O seu sapato preto de sair.

Erasmo Wagner puxa alguns fiapos de barba. Alandelon entende que deve contar tudo o que sabe.

— O bode puxou sua calça do varal e depois arrastou pelo quintal e mijou em cima dela. Erasmo, não deu tempo de fazer nada. Quando eu vi já era tarde. Eu dei uns tapas no bode. Ele correu e pulou a cerca. É que ele também arrebentou a cerca e anda trepando com a cadela da vizinha.

Edivardes mantém um ar de condolências e assoa o nariz num lenço azul. Erasmo Wagner deixa de puxar os tufos de pelos da barba e beberica um pouco de seu café preto. Ele aprecia as manhãs de sábado. É quando se sente mais respeitado. Percebe que seu trabalho imundo como lixeiro pode pagar um limpo e honesto desjejum uma vez por semana. Muitos não têm este privilégio. Muitos têm filhos para criar. Mulher para sustentar. Assim como uma besta, Erasmo Wagner é estéril, e assim como uma besta, sua existência consiste em carregar fardos. Erasmo Wagner nunca deixará herdeiros. Não se perpetuará. Ele se findará em si e sente uma agradável alegria de não deixar nenhum rastro.

— Eu vou terminar meu café. Vou ler a seção de esportes do jornal. Depois vou me levantar, amolar meu facão e matar esse bode desgraçado. Vou picá-lo. Vou cozinhar seu sangue. Vou fazer linguiça com suas tripas e preparar um sarrabulho com seus miúdos.

— Mas o seu Aparício vai querer saber do bode — comenta Edivardes.

— O bode está no meu quintal. No meu quintal eu sou a lei. Eu mato o bode e faço o que quiser.

— É. Você tem razão. Ele será mais rentável morto — retruca Edivardes.

— Sem contar que ele não tem feito nada com minhas cabras. Só tem dado prejuízo.

Alandelon, distraído e surdo, pergunta:

— Alguém disse sarrabulho?

* * *

Alandelon está agachado num canto do quintal amolando um facão de cabo cor amarela. Permanece assim por algum tempo. O céu está muito nublado e sente o peso das nuvens inchadas. A manhã assemelha-se a um fim de tarde. Isto o aborrece. O telhado de sua casa precisa de reparos urgentes. Não aguentará uma torrente de água.

Do outro lado da cerca de arame que divide o quintal com o da vizinha, Tonhão, o bode, corre de um lado para o outro soltando pequenos balidos e fazendo a medalha dourada em seu pescoço balançar. Edivardes apenas assiste a tudo de braços cruzados. Não gosta de correr. Sente-se cansado. Sua habilidade está em executar esforço concentrado.

Erasmo Wagner caminha pisando tão firme no chão que deixa pegadas no lamacento quintal. O bode corre para trás da cadela, esta sim é valente. Range os dentes para Erasmo Wagner. Ameaça avançar. Tonhão, covarde, ainda assim mantém-se empertigado e permanece escoltado pela cadela. Erasmo Wagner avança sobre o bode, a cadela avança sobre Erasmo Wagner. Ela abocanha sua mão esquerda. Ele dá um soco na cadela, ela não larga sua mão. Ele a gira de um lado para o outro com os dentes cravados em sua carne. Ainda assim, ela não larga. Ele a soca contra um muro, Tonhão lhe dá chifradas nas pernas. Ele chuta o bode. A cadela é prensada contra o muro até gemer e cair desmaiada.

Sua mão está sangrando. Um dos dentes da cadela atravessou a carne com desmedida truculência e se prendeu ao osso. Um velho canino escurecido. Ele sente muita dor. Avança sobre Tonhão e desfere um soco entre seus olhos. O bode premiado deixa de empertigar-se pela primeira vez e tomba para a direita. Erasmo Wagner o arrasta pelo chifre de volta ao seu quintal. Amarra-o com uma corda no pescoço, prende a corda numa árvore e amordaça-o para não roê-la quando acordar.

— Não acha melhor sacrificar ele agora? — pergunta Edivardes.

— Eu não seria capaz de matar um animal enquanto dorme — responde Erasmo Wagner.

Ele engole um pouco de sangue que sai de seu dente podre e dolorido.

— Gosto de olhar no olho dele. Pra entender por que está morrendo.

* * *

Erasmo Wagner vive no mesmo lugar desde que nasceu. Mudou de casa três vezes, porém permaneceu na mesma vizinhança. Quando Alandelon era muito pequeno, seus pais foram mortos pelo velho Mendes, o sujeito mais abastado do local, era dono da única banca de jornal, um restaurante de beira de estrada localizado numa parada de caminhoneiros a cinco quilômetros dali, barracas na feira e um depósito de gás. Os pais de Erasmo Wagner trabalhavam para o velho. A mãe cozinhava no restaurante e o pai empilhava botijões no depósito de gás.

O velho Mendes tinha uma barba longa e grisalha. Gostava de crianças. Todos os anos vestia-se de Papai Noel e distribuía doces em devoção a são Cosme e são Damião. Currava crianças com lágrimas nos olhos com ainda mais devoção. Alandelon era muito pequeno. Comia um pedaço de doce de amendoim quando o velho lhe chupava atrás de uma pilha de velhos botijões de gás guardados no fundo do seu quintal.

Seus pais chegaram no momento em que lambia os lábios de satisfação. Alandelon adora doce de amendoim. Nunca se lembrou de nada. O pai ameaçou ir à polícia. O velho Mendes os ameaçou de morte. E cumpriu.

Quando Erasmo Wagner estava com idade e força suficientes, cravou uma lasca de ferro pontiaguda no pescoço do velho. O velho Mendes havia acabado de acordar e foi receber o rapaz da padaria que trazia uma encomenda de leite, pão, bolo de laranja e torradas. Só deu tempo de dar duas passadas para trás. Caiu de joelhos com a lasca enferrujada atravessada no pescoço. Enquanto morria, Erasmo Wagner permaneceu olhando bem fundo em seus olhos. E soube que o velho entendeu o motivo de sua morte.

Foi preso, deixou a barba crescer e cumpriu pena. Erasmo Wagner é visto como um cretino. Um brutamontes. Um desalmado. Além disso, ele é também um barbudo.

Um barbudo cretino para a maioria das pessoas. E um mártir para os que conhecem sua história.

Nos tempos de cárcere aprendeu a perceber a iminência de fatalidades. Seus sentidos foram aguçados e com esta habilidade pôde salvar-se da morte duas vezes. Erasmo Wagner nunca se sente triste ou só. Não sabe o que é sofrer por amor. Não busca um sentido para a vida. Seus pensamentos são claros e objetivos. Ele cumpre seu dever e busca sobreviver. Pretende comprar um carro usado e viajar pelo país. Ele gostaria de morrer numa estrada. Quer terminar seus dias caminhando sobre a Terra e jamais deixar um rastro sequer.

Em sua profissão, ele sabe que o lixo que apanha nas calçadas dos prédios amontoa-se em outro lugar. Ele apenas o remove de um lugar para outro. Nos lixos há todos os tipos de vestígios. Ninguém se livra de seus restos e sobras. Às vezes, quando precisa ir até o aterro sanitário, ele fuma dois ou três cigarros contemplando os vestígios de uma cidade, o que sobrou de todos os cidadãos com quem esbarrou horas antes. Erasmo Wagner dará um jeito de levar consigo suas sobras no dia em que deixar de existir, mas não sabe como.

Capítulo 4

Tonhão arrasta o focinho no chão tentando se libertar da mordaça. Dá algumas imbicadas com o corpo para se livrar da corda presa ao pescoço. A medalha no pescoço badala. Rosa Flor, a cabra mais jovem, está inquieta. Divina, que está com o leite podre, devido à inflamação nas mamas, dá sinais de apatia. Tomou a vacina e tudo indica que o investimento de oitenta e cinco reais de Erasmo Wagner foi em vão. As duas estão presas num cercado e a presença de Tonhão perturba-lhes os instintos.

Edivardes é quem avisa que o bode já despertou. O facão amolado espera pelo corte na beirada do tanque. Alandelon está no telhado fazendo alguns reparos e emendas antes de a chuva cair. Ele forra o telhado com folhas de latão.

Erasmo Wagner termina seu cigarro, caminha até o tanque, lava as mãos e apanha o facão. Tonhão está mais agitado. Edivardes somente observa Erasmo Wagner desamordaçar o animal, que amola os chifres na árvore. Baforeja. Emite um balido estremecido. Investe outros solavancos com o corpo tentando se livrar da corda. Erasmo Wagner segura o bode pelos chifres. Olha-o nos olhos. Lembra-se do velho Mendes. Então para. Não consegue continuar. Volta até o tanque, lava o rosto, refresca-se para encorajar-se. Por isso só toma banho frio, para engrossar sua coragem.

Diante de Tonhão, olha-o novamente nos olhos e lá está o velho Mendes outra vez. Erasmo Wagner apoia-se na árvore e deixa o corpo afrouxar. Acreditava que havia terminado aquela história ao ter sacrificado alguns anos de sua vida em troca de pagamento por seu crime. Ter matado o velho com um lasca de ferro no pescoço lhe parecia bem justo aos olhos de sua própria justiça, mas havia algo mais. Que retornou envolto ao hirco de um bode premiado.

— O que foi? — aproxima-se Edivardes.

— Não tô conseguindo matar esse bode — responde Erasmo Wagner, ofegante.

— O que tá acontecendo com você?

— Não sei.

Edivardes apanha o facão das mãos de Erasmo Wagner e agarra Tonhão pelos chifres. O bicho se debate. Berra levemente e de contínuo para logo emitir uns grunhidos. O hirco exalado do animal é acre e pestilento. Por não ser castrado, Tonhão exala odor fétido sempre que está irritado. Edivardes para o facão no ar. Pensa um pouco. Em seu semblante, uma ruga de esforço de entendimento surge.

— Ele disse o meu nome?

— Como assim? — pergunta Erasmo Wagner.

— Eu ouvi este bode dizer o meu nome.

— Eu só ouvi um berro.

— Mas eu ouvi quando ele disse E-di-var-des.

Tonhão raspa o chifre no chão. Cava a terra com a pata direita.

Alandelon desce do telhado e caminha até os fundos do quintal para ver como anda a matança do bode.

— Como assim disse o seu nome? — pergunta Alandelon. — É só um bode.

Alandelon apanha o facão jogado no chão e segura o caprino empertigado pelo chifre. Limpa na calça o facão sujo de barro do quintal. Sacode a cabeça em descrença. Nunca viu dois homens não conseguirem matar um bode. Mas ele está acostumado a perfurar asfaltos, rasgar rodovias, sulcar autoestradas. Para ele, abrir o pescoço daquele bode é algo simples de conseguir. Diante do primo e do irmão, Alandelon empertiga-se. Nunca executou um serviço que não pudesse ser feito pelos dois.

Inclina-se para baixo, encontra a posição ideal para o golpe que espera ser único e cai para o lado atingido na nuca por uma manga espada, logo após o estouro de um trovão. O corpo de Alandelon estremece e ele perde os sentidos.

Tonhão cava a terra, raspa os chifres no chão e faz a medalha badalar. Olha para o corpo estendido de Alandelon, que começa a encharcar-se rapidamente com a chuva grossa que começou a cair.

Perplexo, Erasmo Wagner tira o excesso de chuva do rosto, apanha o facão enlameado e num só golpe rompe a corda que prende Tonhão à árvore. Este, quando livre, corre para se proteger debaixo de uma mesa velha esquecida nos fundos do quintal.

Edivardes arrasta Alandelon, até Erasmo Wagner segurá-lo pelos pés e, assim, o levam para dentro da casa e o colocam inerte sobre no sofá.

* * *

Edivardes senta-se numa poltrona ao lado do sofá onde descansa Alandelon. Estão calados. Erasmo Wagner ajeita-se numa cadeira e apoia os cotovelos na mesa. Temem dizer alguma coisa. Edivardes liga o rádio. Erasmo Wagner acende um cigarro. Alandelon vira-se para o lado e ressona. Ouvem o chiado do rádio e a queda da chuva. É como se por alguns instantes o mundo ruísse em silêncio levando consigo os pensamentos de Erasmo Wagner.

Edivardes inquieta-se com algo que ouve no rádio. Levanta-se para sintonizá-lo melhor. Ajeita a antena e descobre que permanecer segurando-a pela ponta é a única maneira de parar o chiado. Erasmo Wagner retorna à superfície de seus pensamentos. A greve dos lixeiros acaba de começar. Os motoristas pararam há uma hora. Os coletores, por sua vez, também. É comum pararem à meia-noite, porém pararam no meio do dia. Voltaram para os depósitos com os caminhões e foram para casa.

Ninguém recolhe o lixo ou varre as ruas. Decidiram que não retornam até que sejam ouvidos. Sabem que se voltarem em poucas horas ou dias, não causarão o efeito que esperam. Pretendem fazer o que ainda não tiveram coragem. Reivindicam melhorias para a realização do trabalho. Precisam de assistência médica. Precisam de filtro solar, os casos de câncer de pele aumentaram. Precisam de lugares para viajar no caminhão, na última semana três coletores caíram do caminhão: um está morto, outro ficará paralítico e o mais sortudo fraturou o fêmur e a bacia.

Todas as greves deflagradas aborrecem a população e o estado. Querem que voltem imediatamente. Querem ficar livre de seus restos e sobras. Querem que recolham seus lixos e os levem para longe. Tudo isso por um salário miserável. Tudo isso em condições deploráveis. Eles desconhecem as doenças, os riscos e os descasos de quem recolhe seus lixos.

Decidiram deixar a cidade apodrecer. Cada um terá de cuidar do seu próprio excremento. Cada um deverá apagar seus próprios rastros. O governo está irredutível com o aumento que pedem e os lixeiros estão irredutíveis em suas convicções: deixarão que a peste e a pestilência tomem conta de cada canto da cidade. Que o estado recolha o próprio lixo. Que os cidadãos se desfaçam de seus dejetos.

— Essa cidade vai mesmo apodrecer — murmura Erasmo Wagner.

— Você acha que vai durar muito tempo? — pergunta Edivardes.

— Parece que sim. O pessoal tá cansado de tanta desgraça no trabalho.

— Estamos todos — diz Edivardes ao começar a cortar as unhas com um cortador preso ao seu chaveiro.

Erasmo Wagner desliga o rádio. A chiadeira o incomoda.

— Hoje é dia de sarrabulho no bar do Cristóvão. Você podia levar esse bode pra ele matar — diz Edivardes. — Ele coloca os miúdos no sarrabulho. Rim de bode é bom.

— Deixa esse bicho quieto, por enquanto.

— Pretende fazer o que com ele?

— Ainda não sei. Deixa quieto — responde Erasmo Wagner.

Alandelon vira-se para o outro lado e cai do sofá. Desperta. Geme um pouco. Coça o saco. Levanta-se sem dizer nada e vai para o banheiro.

— Será que ele tá bem? — pergunta Edivardes.

— Parece que sim.

Erasmo Wagner caminha até a janela que dá para o quintal. O bode está deitado sob uma velha mesa, parecendo cochilar. A chuva permanece intensa, mas não há raios ou trovões. É um silêncio culposo.

As cabras também estão quietas. Repara na apatia de Divina, que sempre se agita em dias de chuva, é sempre ríspida e gosta de fazer barulhos. Depois da vacina, ficou esquisita. Recusa-se a comer.

Ouvem a descarga no banheiro, seguida de uma tosse seca. Alandelon chega até a sala perguntando o que aconteceu. Edivardes conta toda a história sobre a tentativa de abater o bode.

— Acho melhor deixar o Tonhão vivo — diz Alandelon. — Não gosto muito desse bicho.

— Tem alguma coisa nesse bode — completa Erasmo Wagner.

Alandelon liga a televisão no volume máximo em um canal que passa um noticiário. Segundos depois, pergunta aos gritos, do modo que lhe é peculiar:

— Erasmo, vocês entraram em greve?

— Eu disse, Alandelon. Você vai ver esta cidade apodrecer.

* * *

A iluminação que entra pela janela tornou-se rala devido ao avanço das horas. Cristóvão, um português de pouca conversa, corta em cubos dois pares de rim de boi numa tábua de madeira sobre a pia. Abana as moscas que insistem em rodear o graúdo osso velho da suã de porco, muito curado. Este osso consiste na espinha ou vértebra do animal. Foi Cristóvão mesmo quem curou o osso ao sol. Está no ponto. Seca as mãos num pano de prato sobre seu ombro esquerdo, caminha até a porta de entrada da pequena cozinha e acende a luz. Volta para a beira da pia. Não gosta de ajudantes no preparo do sarrabulho. É um momento em que se recorda de sua terra natal: Ponte de Lima. Sua mãe era especialista no prato e ajudou a difundir a iguaria por todo o norte de Portugal. Orgulha-se disso. Mas a tradição, em sua família, morrerá com ele. Nenhum de seus filhos suporta o cheiro do sarrabulho. Não concordam com tanto sangue em uma refeição.

Em outras bacias sobre a pia, descansam goela e coração de porco, um fígado de boi, chouriço de sangue e bofe de porco e um pouco de galinha gorda. Em uma bacia média, já picados, os tomates, pimentões, cebolas, acrescidos de alho, louro e azeitonas verdes e pretas. Tudo será refogado com banha de porco, pois Cristóvão não usa óleo de soja. Cresceu alimentando-se de porco: gordura, sangue, ossos e órgãos. Com tanto de porco em si, sente-se parte do animal. Prepara o alimento com respeito ao suíno e a si mesmo.

Termina de picar os rins em cubos, verifica as horas e em seguida a banha de porco ao fogo. Está quente o suficiente para refogar as carnes e começa a despejá-las no panelão. Os clientes começam a chegar. O cheiro do sarrabulho se espalha rápido, atravessa o bar e termina na rua. O movimento dos cães aumenta ao redor do estabelecimento, mas vão ter de esperar pelas sobras.

Edivardes senta-se à mesa de Erasmo Wagner e Alandelon. Comentam sobre a greve dos lixeiros que começou há poucas horas. Erasmo Wagner está do lado da maioria. Não se importa. Se continuar por longos dias ou se terminar dentro de algumas horas, não fará diferença. Não espera muito da vida. O que espera mesmo é saborear um bom sarrabulho carregado de carnes.

Edivardes lamenta a doença da mãe mais uma vez. As dores aumentaram e seu estado degenerativo arranca-lhe o sono de tanta preocupação. Erasmo Wagner gostaria de poder fazer mais por sua tia. Sabe que suas dores não têm cura e que o mal do qual sofre faz com que ela caminhe direto para o sepulcro. Sente-se impossibilitado de um gesto que possa causar de fato uma melhora na vida da tia. Quando segura sua mão frágil, sente muita vontade de chorar. A tia permanece na cama, mastigando a própria língua e emitindo ruídos produzidos pelo pulmão.

Uma vez, Erasmo Wagner encontrou uma mulher morta no lixão. Era um fiapo que assemelhava-se a um pedaço de carne defumada. Seca e escura. Eram despojos humanos misturados a restos de lixo orgânico, embalagem tetra pak e latas de ervilha. Mas com toda a imundície do mundo, sabe que ao menos um enterro decente ele, Alandelon e Edivardes podem garantir à tia. E uma coroa de flores-do-campo, as preferidas dela.

O cheiro do sarrabulho ganha corpo dentro do bar. Envolve as mesas, cadeiras, balcão, sinuca. O cheiro do sangue coagulado do porco e seus miúdos adornam as imaginações e aguçam os apetites.

Erasmo Wagner estala o pescoço, batuca os dedos da mão direita três vezes sobre a mesa e levanta-se para ir ao banheiro sem dizer uma palavra. A caminho do banheiro, espia o Cristóvão confeccionando o sarrabulho. Para ele, é perfume. Acostumado ao cheiro azedo e podre do lixo, os sarrabulhos são cheirosos e o sabor esplêndido.

Entra no banheiro e enquanto mija lê na parede acima do mictório uma frase que lhe acaricia o peito: "Suzete ama Erasmo Wagner". A safada disse que faria isto pra ele. Que todo homem daquele bar saberia enquanto mijasse que Erasmo Wagner tem uma mulher que o ama de verdade. Ler uma coisa dessas com o cheiro azedo do mijo de dezenas de homens que passaram por ali é de fato um gesto de amor com uma dose úmida de perversão. Ele sai do banheiro e volta para a mesa.

— Erasmo, acho que tenho um serviço pra você — diz Edivardes. — Enquanto essa greve continuar, você podia ser meu ajudante. O cara que tava comigo era muito ruim de serviço. Tive que dispensar. Enquanto procuro outro, bem que você podia quebrar esse galho.

Erasmo Wagner suspende a ponta do curativo em sua mão esquerda, mordida pela cadela. Está sangrando.

— É. Acho que pode ser bom — diz ao se levantar e novamente vai até o banheiro.

Lava o ferimento com água corrente. Aperta bem o buraco onde o dente ficou cravado. Cospe sangue. O sangue de seus dentes podres. Erasmo Wagner sangra suavemente por dois lugares. É como estar morrendo bem lentamente. Ata o curativo novamente ao ferimento, enfia a mão dentro da boca e verifica que um dos molares podres está bambo. Movimenta o dente suavemente. A dor aumenta gradativamente e, desta maneira, anestesia a região. Tira a mão da boca. Cospe na pia. Toma um pouco d'água da torneira. Lava o rosto e sente sua coragem engrossar. Enfia dois dedos na boca e, gemendo abafado, arranca o molar podre. O dente fede e está escuro. Enfia um punhado de papel higiênico para conter o sangue desmedido. Volta para a mesa. Sua cerveja está quente. Sua boca cheia de papel.

Erasmo Wagner retira o punhado de papel da boca. Está empapado de sangue. Toma um gole da cerveja, faz um bochecho e engole.

— Esse dente tava me matando. — Tira o dente do bolso. — Aqui. Vou guardar esse desgraçado. Dente maldito.

Nanico, o ajudante do bar, serve a travessa de sarrabulho à mesa. Os três homens, após benzerem-se, servem-se da comida. A quantidade de sangue numa comida como essa assemelha-se a uma espécie de sacrifício de expiação por pecados cometidos. O ajudante do bar avança até a porta e espanta dois cachorros que uivam por causa do cheiro. Os cães não entendem que sua vez haveria de chegar, os restos e sobras seriam deles, mas cães são impacientes e, quando esfomeados, agem como qualquer um; como eu e você.

Capítulo 5

Dias se passaram. Alguns mais sujos e azedos que outros. Eram quentes, da espécie que faz o sol estalar. As nuvens que se formavam eram negras. O aglutinado de abutres: o céu era deles. E lá de cima, em grupos, pareciam montar cerco à cidade. Os aeroportos estavam em alerta. Em decolagens e aterrissagens, havia a iminência de um acidente ao se chocar com um desses abutres. Caso entrassem na turbina de um avião, a probabilidade de queda seria grande.

No asfalto, o lixo amontoava-se, principalmente nas praças, esquinas e calçadas. Algumas ruas estavam interditadas. O lixo havia coberto o asfalto. Ratos multiplicavam-se e atacavam pessoas à luz do dia. Os hospitais estavam lotados. Casos de doenças infectocontagiosas eram diários. Parte do sistema elétrico de algumas ruas foi prejudicado por roedores. Estavam famintos. Estavam no meio do lixo. E mesmo assim, com tanta comida imunda, não saciavam seus apetites. Os ratos queriam o caos. As autoridades estavam irredutíveis quanto ao reajuste pedido pela classe trabalhadora. Porém, a classe trabalhadora estava disposta a esperar.

A coleta de lixo particular tentava conter o caos nas escolas, hospitais e penitenciárias. Ainda assim, era muito lixo. Algumas escolas suspenderam as aulas. O lixo hospitalar não era todo recolhido. Amontoavam-se pacientes e dejetos: agulhas usadas, vidros quebrados, farelos de pão e mingau.

A kombi laranja chacoalha na rua esburacada com algum vestígio de asfalto colocado há seis anos. A poeira que deixa ao passar é menor que a fumaça preta que sai do escapamento. Edivardes para a kombi em frente à casa de Erasmo Wagner, que está agachado nos fundos do quintal. Enterrou a cabra Divina faz uma hora. A bicha estrebuchou por dois dias. Sabe que fez o possível para salvá-la. Nos últimos dois dias, adormeceu algumas vezes acariciando a cabeça dela em seu cercado. Tinha esperanças. Acreditou em sua recuperação. Mas amanheceu morta e de olhos abertos.

Antes mesmo de tomar o café da manhã, Erasmo Wagner apanhou uma pá, abriu uma cova profunda e enterrou Divina. Colocou uma pedra em cima do túmulo e fez uma prece.

Tonhão, cabisbaixo, caminhava pelo quintal. Enquanto fazia a prece, Erasmo Wagner sentia um rumor impreciso, mas que vinha do animal. Seu desejo de criar cabras havia terminado ao colocar uma pedra sobre aquele pequeno túmulo.

Havia negociado a venda de Rosa Flor. Quis vendê-la antes que também adoecesse. Conseguiu cento e cinquenta reais pelo leite perfumado e carne macia de Rosa Flor. Foi vendida viva. O dinheiro seria muito útil neste momento, seu outro dente podre estava se tornando um espinho venenoso em sua boca.

Toma um gole de café e segue para um banho. Está sujo de terra e cheirando à cabra. Este hirco está entranhado até seus pensamentos.

Edivardes liga a televisão e senta-se no sofá. Alandelon permanece tomando seu café da manhã na cozinha. A avidez com que come pode ser ouvida da sala. Em poucas horas precisa estar na empreiteira. Na semana seguinte, irá trabalhar na construção de uma autoestrada. Está animado com isso. É a primeira autoestrada que irá ajudar a construir. O trabalho levará meses. O descanso será pequeno e seu corpo deve estar preparado para operar a britadeira por longas horas.

Após um certo tempo rasgando asfaltos, sente que tudo em sua vida caminha para baixo. Tem o costume de abrir pequenos buracos no quintal, cavar a comida, afundar o dedo em bolos confeitados e retirar o miolo do pão. Alandelon gosta mesmo de cavar. Desde pequeno, lembra-se disso. Quando olha para alguém, ele também cava. Seus olhos são um par de cavadeiras, ele olha para alguém e imediatamente começa a cavar. A maioria das pessoas querem seguir adiante, subir na vida. Ele deseja descer, afundar-se num buraco, pois tem a impressão, que numa fenda subterrânea encontrará algo que lhe pertence, mas não sabe o que exatamente.

Erasmo Wagner sai do banheiro já arrumado e com um cigarro aceso entre os lábios. Apanha sua mochila no quarto e os três seguem para a kombi. Edivardes abre a porta e encontra o bode Tonhão sentado sobre algumas folhas de jornal que forram o chão do carro. Questiona a presença de Tonhão, a porta estava fechada.

— Acho que ele quer ir com a gente — diz Alandelon.

— Como assim? Ele é um bode. Não se leva um bode pra passear. Isso é coisa de cachorro. Sem contar que a porta estava fechada — retruca Edivardes.

Edivardes puxa Tonhão pela corda em seu pescoço. O bode não se mexe. Tenta com mais força, mas o animal parece pesar uma tonelada. Nenhum dos homens consegue movê-lo de lugar. Decidem levar Tonhão com eles. Erasmo Wagner coloca a cabra Rosa Flor ao lado de Tonhão, pois precisa entregá-la ao seu novo dono. O bode olha para a cabra, arria a cabeça e deita-se no chão da kombi. Tonhão só gosta de cadelas.

— Esse bode é marrudo — diz Erasmo Wagner, dando um peteleco na guimba de seu cigarro antes de entrar na kombi.

* * *

Conforme avançam, verifica-se a extensão do horror causado pela greve. Em pontos desertos do local onde moram, de aspecto rural, avistam-se chamas que se mantêm acesas há vários dias. O fogo é mantido por moradores e consome o lixo produzido na região. A coleta de lixo por essas bandas sempre fora irregular. É uma região esquecida. Um trajeto feito somente por miseráveis. É como varrer a sujeira para debaixo do tapete. E é debaixo do tapete que moram esses homens.

Os moradores não sentiram o efeito da greve. Estão acostumados a livrar-se dos próprios dejetos, a viver ao lado de valas negras, fossas abertas, pedreiras clandestinas, desmanche de automóveis. Estão acostumados aos restos.

E em condições como essas, nunca antes vivenciadas, existem os que se valem para ajuntar alguns trocados. Carroceiros transitam na região, arrastando no lombo lixos recolhidos nas casas de moradores pelo custo de cinquenta centavos. Muitos pagam pelo conforto de não precisar carregar o lixo até os pontos de queimada.

Edivardes para a kombi ao lado de um ponto de ônibus. É onde Alandelon desce. Dali, ele seguirá por quase duas horas sacudindo até chegar à empreiteira. Mas seu corpo está preparado para sacudir até quase arrebentar.

Enquanto seguem viagem, Erasmo Wagner e seu primo avistam os carroceiros que arrastam pequenas montanhas imundas numa fila contínua e silenciosa à beira da estrada sem acostamento, empoeirada e traiçoeira com curvas fechadas feito conchas, que diariamente engole um homem por vez. Esta fila terminará numa das chamas dos pontos de queimada. Quando se joga o lixo, o fogo se altera, a cor se intensifica e os estalos são produzidos em menor intervalo de tempo.

Quanto mais se afastam do local, melhor conseguem perceber a fumaça densa e negra. O asfalto permanece limpo, o lixo recolhido, mas acima das cabeças a fumaça negra aumenta de tamanho. O que foi produzido e consumido espalha-se no céu, mas não se dissipa.

Erasmo Wagner remói em silêncio o quão importante é seu trabalho. Importante para manter a ordem, a segurança, a saúde. Importante para os ratos e urubus. Importante para quem o despreza por cheirar azedo. Além de profissão de risco, é mão de obra imprescindível. O que pedem é salário mais justo, um reajuste digno do adicional de insalubridade. Nos últimos meses, muitos trabalhadores afastaram-se do trabalho devido a acidentes. Acidentes nunca reportados em lugar algum. Gostam de narrar tiros e mortes por bandidos. Grandes fatalidades. Catástrofes. Escândalos. Mas o trabalho que exercem é bem mais perigoso, assim como é grande a frequência de acidentes. Mas um sujeito que vive do lixo, que está tão próximo dele, não soa importante. Seus acidentes não importam.

— Então, eu disse pra mulher... — diz Edivardes enquanto dirige. — A senhora pode dar...

— Não prestei atenção no começo — interrompe Erasmo Wagner.

Edivardes bebe um pouco d'água de uma garrafa azul. Seca o suor da testa. Tosse seco. Pigarreia e cospe pela janela da kombi.

— Eu estava dizendo que quando abri a caixa de gordura da casa, eu vi um punhado de pelos. Eu peguei um pedaço de pau e cutuquei. Era um gato. Ainda estava vivo, o miserável. A boca tava rasgada, o rabo parecia queimado, tinha sangue e pus misturado na gordura fedorenta.

— Mas como um gato foi parar lá? — pergunta Erasmo Wagner.

— Eu também não sabia. Foi aí que eu chamei a mulher e pedi pra dar uma olhada na caixa. A mulher vomitou ali mesmo — diz Edivardes. — Meti a mão na caixa de gordura e tirei o gato de lá, ele tava meio despedaçado e miou baixinho.

— Alguém botou o gato lá — reflete Erasmo Wagner.

— Exatamente. Foi o marido da dona. O sujeito não gostava do gato, e depois de maltratar o bicho, enfiou dentro da caixa de gordura. Ele tava lá e acabou confessando.

— E você fez o quê? — pergunta Erasmo Wagner.

— Eu fiquei puto pra cacete. Mas não era problema meu. Limpei a caixa de gordura que nem tava tão suja assim e mandei que me pagassem. Estavam brigando, mas não quis saber. Entrei no meio da briga, peguei meu dinheiro e deixei o gato morrendo em cima do tapete da sala.

Permanecem em silêncio. Um silêncio seco e abafado. Erasmo Wagner espia Tonhão. Ele está sossegado e mastiga algumas folhas de jornal. Não entende como o bode entrou na kombi e sente um peso estranho sobre os ombros. Erasmo Wagner sabe que o animal lhe pertence e o que carrega em si também. A maneira como o bode encara Erasmo Wagner lhe dá vontade de confessar seus pecados. De se redimir. Um homem como ele, sente-se redimido pelo sofrimento que já passou, pela pena que cumpriu. Mas existem camadas profundas da alma, que não são atingidas por açoite humano, nem por desgraças terrenas. Existe algo em Erasmo Wagner que o impele a recolher o lixo sem questionar. Que o faz querer desaparecer sem deixar rastro. Ele nunca se confessou, mesmo sendo devoto de alguns santos católicos. Às vezes, mesmo caminhando solto pela rua, sente-se em cárcere. Desde que viu os olhos do velho Mendes nos do bode sente que precisará se confessar. Tonhão estava ali para a expiação dos pecados de Erasmo Wagner, mas isto ele ainda não havia compreendido.

* * *

Deixam a cabra Rosa Flor na casa de seu novo dono. Quanto ao bode, continuam sem notícias de seu Aparício. Por enquanto, Tonhão ficará com Erasmo Wagner, mas em seu íntimo não quer devolver o animal.

Descem em frente a uma casa velha, com cercas de pau, uma criação de porcos, galinhas espalhadas pelo quintal e uma caixa-d'água nos fundos.

— Aqui a gente vai limpar a caixa d'água — diz Edivardes.

— Já vi caixa-d'água mais suja que uma fossa — comenta Erasmo Wagner.

São recebidos por uma mulher que os leva até a caixa-d'água. Passam por um homem que está analisando os porcos no chiqueiro. Eles se entreolham. O homem tem um olhar distante e sossegado.

— Vocês fiquem à vontade. Deixei uma garrafa d'água ali na varanda se tiverem sede.

— Sim, senhora — responde Edivardes.

— Estou vendendo uns porcos da minha criação. Qualquer coisa é só me chamarem.

A mulher se afasta e vai ter com o homem que analisa seus porcos. Edgar Wilson já escolheu três deles. Quer levá-los imediatamente, mas terão de negociar o preço e, para isto, o abatedor de porcos não tem pressa alguma.

Erasmo Wagner suspende a tampa da grande caixa feita de amianto. Sente um cheiro ruim vindo do resto das águas negras da caixa. Seu interior está forrado de lodo e o musgo encontra-se até a tampa. Não esvaziaram por completo a caixa para a limpeza. Edivardes retira a tampa no fundo da caixa e deixa o resto de água escorrer.

Erasmo Wagner espera pelo esvaziamento completo enquanto fuma um cigarro. Atravessa o portão do quintal, e observa Tonhão do outro lado da rua, pastando solto num terreno baldio ao lado de algumas galinhas. O homem que lida com os porcos vem em sua direção e lhe pede um cigarro. Ele lhe dá um. Edgar Wilson apanha uma caixa de fósforos do bolso da calça. Os dois ficam calados por uns dois minutos, envoltos pela fumaça clara.

— Gosta de trabalhar com porcos? — pergunta Erasmo Wagner.

— São bons animais. Eles se acostumam com a gente — responde Edgar Wilson.

A mulher reaparece e faz sinal para Edgar Wilson ir ter com ela. Ele agradece pelo cigarro, acerta o pagamento com a mulher, apanha seus três porcos e vai embora.

Erasmo Wagner apaga a ponta do cigarro numa pisada e verifica o conteúdo da caixa, agora esvaziada. Ele entra na caixa e retira três pombos mortos, uma meia azul desbotada, um bobe de cabelo cor amarela, uma colher pequena e uma pilha palito. Olha para a garrafa de água na varanda e acha melhor saciar a sede com a água que vem direto da rua através de uma torneira no quintal.

* * *

O cheiro pela cidade é insuportável. O calor intensifica o aroma azedo. Pessoas e ratos dividem o mesmo espaço à luz do dia. Eles, os ratos, caminham livres e não se importam com a claridade do sol. Vasculham o lixo, procriam nas esquinas e em toda a parte seus guinchos agudos e inarticulados são ouvidos para amplificar o horror do cenário. A cidade torna-se maldita. Acreditava-se que a intensa violência causaria o caos, mas foram os dejetos de cada um que produziram um estado de putrefação e calamidade em poucos dias. Todos são atingidos e isso faz com que sintam arrastar o ventre sobre o solo. Cada lata de sardinha, fralda descartável, embalagem tetra pak, lâmina de barbear produzem em poucos minutos a montanha de imundície de uma cidade ativa.

Quando a greve terminar, Erasmo Wagner sabe que terá muito mais trabalho. Terá de recolher no mesmo período de tempo tudo aquilo que se acumulou por dias. Ao ver o lixo amontoar-se por toda a cidade, percebe que tudo podia ser como antes. As toneladas diárias às quais estava acostumado. O peso do latão que precisa suspender, a leve dor de coluna que se agrava comedida, as dificuldades e o cansaço; já está acostumado a tudo isso. Mas o que o aguarda é tonelada que desconhece. Depois de uma semana, com tudo limpo, novamente serão despercebidos. Mas Erasmo Wagner continua preferindo os ratos e urubus, pois estes, ele conhece.

Capítulo 6

Edivardes acerta o pagamento pela limpeza da caixa-d'água. Erasmo Wagner espera pelo primo dentro da kombi. Tonhão está novamente acomodado na parte de trás, rumina o capim do pasto e mastiga as folhas de jornal que forram o chão do carro. Erasmo Wagner em alguns momentos sente-se como um ruminante. Remastiga e remói lembranças mal digeridas. Os ruminantes estão condenados a mastigar de novo e de novo o que volta do estômago à boca, e não percebem isto, ruminam qualquer coisa, sem questionar.

A maioria dos homens que conhece são ruminantes. E fazem isto em silêncio.

Edivardes senta-se atrás do volante e liga o veículo. Erasmo Wagner decide trocar o curativo em sua mão. Está bem melhor e a ferida está secando. Seu dente arrancado está guardado dentro de uma saboneteira velha e o outro podre que ficou na boca está suportável. Com o dinheiro que receberá como ajudante do primo, sanará seus problemas de boca. Tentará acertar seu sorriso, ainda que sorria muito pouco.

É um dia muito quente. Bebem um gole de água morna. O vento seco entra pelas janelas e racha a pele. Mas o calor faz com que se sintam mais vivos; o excesso os faz embrutecidos. Seguirão por seis quilômetros até chegarem ao restaurante Mandioca Frita da dona Elza. Limparão a caixa de gordura. Ao menos terão um bom almoço, pois dona Elza gosta de tratar bem as pessoas que lhe prestam serviço. Em seu estabelecimento, todos comem, e ao redor dele, até os cães são agraciados.

— Deu no rádio. Parece que a greve vai terminar logo — comenta Edivardes.

Erasmo Wagner suspira. Demora um pouco para responder.

— Vamos ter trabalho dobrado — diz Erasmo Wagner. — É só nisso que penso.

— Será que conseguiram um bom acordo?

— Bom pra quem?

Erasmo Wagner sente o peso da extensão da greve. Sente o peso das toneladas extras acumuladas como fardos que será obrigado a carregar. Ouviu dizer que ocorreram algumas brigas, que mais pessoas adoeceram, que ratos se proliferaram e que o presidente da República fez um apelo na TV. Para Erasmo Wagner nada disso tem importância. O que importa para ele é ver a cidade limpa novamente, ter sua rotina e seguir por caminhos já conhecidos.

A estrada que leva ao restaurante é esburacada, o acostamento não é bem definido, há muito mato alto às margens. Não há postes de iluminação para se trafegar com segurança à noite. É uma estrada sem placas de sinalização, com animais mortos pelo caminho e curvas fechadas. Passam por uma caminhonete estacionada com porcos na caçamba. Um homem espera para atravessar. Têm a impressão de ver um carro batido contra uma árvore. Erasmo Wagner acende outro cigarro. Respira a fumaça e o vapor do dia enquanto Edivardes comenta sobre uma luta de boxe que assistiu na TV.

— Eu também assisti. O garoto é brabo. É brigador. Mas é galo sem esporão — responde Erasmo Wagner.

Toma mais um gole da água morna que carregam na kombi, mas decide não engolir. Faz um bochecho e cospe pela janela. Lembra-se dos porcos na caçamba da caminhonete. Pensa na ironia da vida.

— Lá no trabalho, a gente tinha um chefe que não comia carne de porco.

— Era judeu? — questiona Edivardes.

— Era preto. Tem judeu preto?

— Eu nunca vi.

— Também não.

Erasmo Wagner abre a janela até o final, dando algumas estocadas para o vidro arriar totalmente.

— Era uma coisa espiritual. Ele era bem religioso — diz Erasmo Wagner. — E a carne de porco é uma coisa imunda em algumas religiões.

— É. Isso eu sei.

— Ele sempre dizia: não como carne de porco nem que me paguem. Esse bicho é sujo. Essa carne é suja. Não gosto de porcos.

Erasmo Wagner, com o olhar distante, puxa pela sua boa memória.

— Ele sempre repetia um trecho da Bíblia: "Se alguém, pela ingestão de carnes imundas, se torna impuro, Deus nele não pode morar."

— Então ele era a morada de Deus, né?

— Ele achava que sim. Mas esse cara sofria do coração. Até que um dia faltou o trabalho, e ele nunca faltava. Aí a gente soube que ele foi internado. Teve um troço no coração e ia fazer uma operação de emergência.

Edivardes freia bruscamente ao passar por um buraco. Sua cabeça bate no teto da kombi. O bode desequilibra-se e tomba para o lado. Erasmo Wagner estica a mão para trás e alisa a cabeça de Tonhão.

— Ele ficou sendo operado por muitas horas. Aí acordou bem. Se recuperou rápido e depois descobriu que tinham trocado a válvula do coração dele.

Erasmo Wagner traga o cigarro até a ponta antes de atirá-lo pela janela.

— E aí? — diz Edivardes.

— Os médicos colocaram uma válvula de porco no coração dele.

Edivardes dá uma gargalhada. Erasmo Wagner, que pouco ri, não se aguenta.

— Filhosdaputa! Porco? Uma válvula de porco?

Edivardes engasga-se de tanto rir.

— E agora ele tava bom por causa de um porco. Ele tinha um pedaço de porco dentro do peito dele fazendo o coração funcionar.

Edivardes controla o riso. Seca a boca com a barra da camisa. E depois de alguns segundos de silêncio e alívio, torna-se pesado.

— E o que ele fez, Erasmo?

— Ele ficou deprimido. Queria tirar a válvula do coração. Queria morrer. E morreu mesmo. De tanto desgosto.

— Deus prega algumas peças — diz Edivardes.

— Deus gosta dos porcos, é isso. O homem teve uma lição.

— É... a gente não pode subestimar nem os porcos. Quem diria... uma válvula de porco no coração.

— Ele deve ter se sentido imundo demais pra viver.

Ao dizer isto, Erasmo Wagner pensa em seu trabalho. Edivardes manobra a kombi e estacionam em frente ao restaurante.

* * *

Fossa, fossado, fossador, fossadura, fossar, fossário, fossas, fosseta, fossete. Edivardes olha fixo para o ralo da pia da cozinha. Sabe o que vem a seguir. O cheiro do ralo lhe é familiar. Vê uma bolha se formar e, seguida de um barulho, estoura suave. O esgoto retorna à pia. O mau cheiro é insuportável. Erasmo Wagner espia o ralo. A cena se repete. Pensa nos ruminantes e no que retorna do estômago à boca. O processo é o mesmo. O ralo é a boca e o esgoto o estômago. Permanece contemplativo. Edivardes ao seu lado segue da mesma forma. Antes do próximo espocar de água de esgoto dentro da pia, suspiram o fedor.

Os dois caminham em silêncio até chegarem nos fundos do restaurante, onde se encontra a caixa de gordura que transborda, tamanha a concentração de sujeira. Edivardes suspende a tampa. Faz uma careta. Ajeita seu boné e cospe no chão. Lidar com excremento putrefato é algo tenebroso. Calazar, leishmaniose cutânea, verminoses, sarna, esquistossomose, giardíases, tifo, cólera, peste bubônica.

A caixa de gordura é feita de concreto, está enterrada, e suporta cento e cinquenta litros. O conteúdo despejado no ralo da pia segue para a caixa de gordura. É lá dentro que água e gordura se separam. Ao se resfriar, a gordura se solidifica e forma blocos. É preciso meter a mão dentro da caixa, remover esses blocos, colocá-los num saco plástico e jogá-los no lixo. Lixo este que Erasmo Wagner deveria recolher se não estivesse em greve, porém, a gordura empedrada permanecerá embalada até um coletor passar, aquela não é sua rota de trabalho.

Erasmo Wagner tira sua camisa antes de ajudar o primo a remover a tampa pesada. Baratas saem aparvalhadas de dentro da caixa. Ovos de barata boiam nas placas de gorduras. Baratas gordas arrastam-se pesadas pelo chão. O bode solta um balido e badala a medalha premiada. Tonhão esfrega seus chifres nas pernas de Erasmo Wagner. Este lhe dá um safanão e o bode corre para pastar nas moitas nos fundos do restaurante.

Edivardes apanha um saco preto de dentro de uma bolsa. Os dois começam a remover a gordura empedrada.

— Sabe qual o prato do dia? — diz Edivardes.

— Não — responde Erasmo Wagner.

— Torresmo, couve e angu.

Erasmo Wagner não responde. Está concentrado em seu trabalho. Retira as placas de gordura e as coloca no saco preto. Sente sede, mas não poderia beber água nesta hora. Agacha-se mais um pouco e estica o braço o máximo que pode para apanhar o resto da gordura. Retira mais uma placa. Vê boiar o que parece ser um pedaço de gordura, desprendida da placa maior. Porém, é um pedaço de dedo. Dedo mindinho, negro, de unha grande.

Edivardes suspende o dedo contra o sol. Verifica com cuidado.

— Mas não é que é mesmo a porra de um dedo?

Com um pedaço de galho Erasmo Wagner balança as águas da caixa. Outros dedos. Todos negros.

— Acho que a gente precisa falar com a dona Elza — diz Edivardes.

— Se falar com ela vai ser um aborrecimento — fala Erasmo Wagner. — A gente tem uma fossa pra limpar a dois quilômetros daqui.

— Coloca tudo no saco?

— Coloca. Não é problema nosso, Edivardes.

— Será que perdeu os dedos numa aposta?

— Prefiro não saber.

Erasmo Wagner enfia a mão dentro da caixa e remove os dedos que encontra. Dez dedos ao todo. Apesar de membros delicados, os dedos nos dignificam, ele sabe disso. Sem dedos, as mãos não passam de um toco. Se não tivesse seus dedos, não poderia recolher o lixo. Não ter dedos é ser como bodes, cabras e porcos. Tornam-se animais de patas fendidas, cascudas, que não apanham nada, apenas sustentam o fardo do próprio corpo. Por alguns instantes sente-se comovido com os dedos dentro do saco. Espera que o dono esteja morto, caso contrário, viverá sem nada entre as mãos.

Terminam o trabalho. Limpam-se com a água que jorra fraca de uma mangueira nos fundos do quintal. É comum por essas bandas a escassez de água; por isso mesmo, quando é potável, vale preço de ouro. Verificam que o esgoto não retorna mais à pia, o mau cheiro se dissipará logo. Seguem para o salão do restaurante e almoçam o prato do dia. Cortesia de dona Elza. Não há ali nenhum negro sem dedos. Dedos, os homens que comem, todos têm. Dentes é que lhes faltam. Enquanto pensa nisto, sente seus molares cariados, pontiagudos, cravados no osso. Dentes podem faltar, mas para um homem que depende de seus braços para viver, os dedos são imprescindíveis. E devem ser medidos pela robustez e ganância da força muscular.

* * *

São dias ardidos pelo desespero do fedor. A notificação do término da greve dos lixeiros é recebida por Erasmo Wagner com pesar. Porém, após trabalho pesado de besta de fardo, a cidade voltará ao normal. As toneladas diárias de sujeira, restos e excrementos já conhecidos por seus braços e lombo serão as mesmas. Isto o conforta.

Retornam tarde da noite para casa, após a limpeza de uma fossa. Fedem, estão cansados e contaminados. Existe uma brisa nesta noite, que amortece a rigidez dos humores do dia ensolarado. Edivardes para a kombi à margem da estrada para mijar. A mesma estrada escura, esburacada e sem sinalização, mas a noite de lua cheia ajuda a guiá-los. Erasmo Wagner também decide descer. Aliviam-se em moitas separadas. Ao retornarem para a kombi, o bode não está mais lá.

— Deixa esse bode pra lá — diz Edivardes.

— Não posso.

— Vai fazer o que então, Erasmo?

— Vou procurar. Ele estava no carro antes da gente descer. Ele desceu também e foi aqui.

Edivardes está cansado demais para continuar a conversa. Sobe na kombi, apanha uma lanterna guardada debaixo do banco do motorista e a entrega a Erasmo Wagner. Sem dizer nada, arranca com o carro. Quando as luzes vermelhas da traseira da kombi laranja desaparecem, Erasmo Wagner coloca-se a procurar o bode, embrenhando-se pela mata ao lado da estrada.

Caminha à margem da estrada antes de embrenhar-se pela mata. Acende um cigarro. Chama pelo bode. Sente o hirco. Imagina que não está longe. Erasmo Wagner olha para o céu. Passa a língua no céu da boca. Não se lembra de uma dimensão tão estrelada sobre sua cabeça. No centro daquela estrada poucos são os vestígios e rastros percebidos. Homens e animais estão enterrados àquela margem, silenciosos.

Ouve o distante badalar da medalha de Tonhão. Caminha, e tudo o que ouve é o som seco de suas pisadas. Está esgotado. Foi um dia pesado. Sente as costas arderem e seus sentidos minguarem. O facho de luz da lanterna lambe o matagal. O hirco aumenta. Não saberia explicar o que faz ali, mas certas coisas escapam às palavras. E para homens como ele, as palavras compõem um vocabulário escasso. Não existem palavras para dizer tanto; em contrapartida, existe alma e coração suficientes para exprimir-se, ainda que em silêncio.

Quando matou o velho Mendes, Erasmo Wagner não precisou dizer nenhuma palavra. Ao olhar nos olhos do velho, este entendeu por que morria. O que Erasmo Wagner só soube após sair da cadeia é que o velho Mendes era seu pai. Quem contou foi a tia que o criou. O homem que o criou sabia da verdade, porém Erasmo Wagner foi criado em silêncio.

Não gosta de admitir que o velho miserento era seu pai. Talvez por este motivo precise quebrar o silêncio. Desde que viu os olhos do velho Mendes nos do bode, entendeu que precisava se confessar.

Tonhão está parado ao lado de uma árvore. Erasmo Wagner puxa-o pela corda em seu pescoço. O bode dá com seus chifres nas pernas do homem, que cai de joelhos.

— Que diabos é você, bode?

Erasmo Wagner, de joelhos, torna-se cabisbaixo. Desliga a lanterna e põe-se a falar ao pé do ouvido do bode. Entre os judeus no Velho Testamento, havia o bode emissário, cujo objetivo era carregar sobre si pecados e transgressões confessadas e ser solto num deserto, onde desaparecia. De tanto ler o Velho Testamento para a tia moribunda, aprendeu a história. E em silêncio, ansiou à sua maneira por seu bode emissário, que o faria cair de joelhos e, pela primeira vez, livrar-se de alguns de seus fardos.

O homem fala por muito tempo e quando o crepúsculo matutino clareia o céu, cala-se novamente. O bode segue em direção ao nascente, carregando suas iniquidades até desaparecer das vistas de Erasmo Wagner para nunca mais retornar.

Capítulo 7

Erasmo Wagner cola com uma fita adesiva o capuz da sua capa preta de chuva, antes que a mesma engrosse. É uma tarde difícil. Está no final do expediente. O lixo que se acumulou por dias precisou de trabalho extra e isto implicou horas extras, mão de obra duplicada e remanejamento de guarnições. Mesmo após três dias em que os serviços de limpeza urbana voltaram ao normal, o lixo ainda permanecia acumulado pelos cantos. Levaria tempo para tudo estar limpo. Ratos mortos, aglutinados sobre sacos de lixo, foram lançados na caçamba do caminhão. Trabalhavam com uma pequena máscara para suportarem o cheiro forte e removiam toda a imundície em itinerários incessantes.

Valtair, o trabalhador novato, rola um latão em direção ao caminhão e Erasmo Wagner o ajuda a virar o conteúdo para dentro do compactador de lixo. O impacto da greve provocou alguns ajustes em seus salários e no adicional de insalubridade. Mas ainda era pouco, e os riscos, muitos. A maioria não estava satisfeita, porém, todos os outros que não recolhiam lixo pela cidade estavam muito satisfeitos.

— Eles não tinham proibido esses latões? — pergunta Valtair.

— Tinham — responde Erasmo Wagner.

— Latão acaba com a coluna. Sinto muita dor quando suspendo um desses — justifica Valtair.

O caminhão impede o trânsito de fluir e, com a chuva, tudo se torna moroso. O carro parado atrás do caminhão buzina diversas vezes. Erasmo Wagner não suporta barulho de buzinas. O som do compactador de lixo, quando acionado remói seus nervos, porém as buzinas o deixam desesperado. Quanto mais buzinam, mais correm, mais rápido jogam os sacos de lixo dentro do caminhão, mas ninguém percebe isto. Quem para atrás do caminhão, sente o cheiro azedo e podre, não suporta o barulho e quer acelerar o carro. Definitivamente, o trabalho que fazem não é para qualquer um. A mulher no carro insiste com a buzina. Após apanhar um contêiner de plástico com rodinhas e jogar seu conteúdo na boca da esmagadora, Erasmo Wagner aciona o compactador e caminha em direção ao carro. Bate no vidro. A mulher se assusta. Bate com mais força. Ela abre.

— A senhora sabe o que a gente tá fazendo aqui? — pergunta.

Seu rosto está encharcado de chuva. Seu cheiro é estragado. Seus olhos, cinzentos. A mulher hesita, mas fala.

— Vocês estão recolhendo o lixo?

— Sim. E esse é o nosso trabalho: recolher a sua merda porque a senhora não pode recolher sozinha. É isso que fazemos aqui.

A mulher morde os cantos da boca.

— É que eu... é que...

— Tenho certeza de que a senhora não gosta de ninguém buzinando no seu rabo, certo?

Erasmo Wagner olha fixo para a mulher. Ela está pálida e perfumada. Uma mulher linda que nunca recolheria o próprio excremento e que não sabe a importância deste trabalho. Uma mulher como a maioria dos homens. Erasmo Wagner volta a sua atenção ao trabalho e corre atrás do caminhão que avançou alguns metros.

Valtair briga com um cachorro por um saco de lixo. Erasmo Wagner chuta o animal.

— Você não aprende, Valtair. Você precisa se impor com os cães. Você precisava fazer ele entender quem manda. Os cachorros ficam com a sobra do lixo, e não com o lixo, entendeu?

Valtair entendeu, pois se sente como um cão por toda a vida.

Erasmo Wagner sobe no estribo do caminhão acelerado, que logo vira a esquina. Valtair aparece alguns metros atrás correndo com um saco de lixo nas mãos. Erasmo grita para o caminhão esperar, mas o motorista não espera pelos coletores. Os coletores precisam recolher, depositar dentro da caçamba e subir no estribo com o caminhão em movimento. O motorista sempre tem pressa e não se importa com o que vem atrás.

Valtair tropeça, mas não cai. O caminhão não reduz a velocidade, mas o rapaz consegue pular sobre o estribo e agarrar-se antes de virarem a próxima rua. E nesta rua há mais lixo e trânsito engasgado. O ronco de um trovão assusta quem passa, a claridade de um raio provoca reação semelhante. Erasmo Wagner gostaria de fumar um cigarro, mas precisará esperar duas horas para isso. Olha para Valtair, que parece desorientado. Seu hálito alcoólico confirma as suas suspeitas, mas não diz nada. A maioria dos coletores bebem, talvez para aguentar tanta amargura, tanta sujeira e descaso. Erasmo Wagner não bebe. Encara tudo consciente, permanece sóbrio todo o tempo, prefere assim.

O trânsito começa a fluir lentamente. O motorista segue para o depósito. Erasmo Wagner, de pé sobre o estribo, olha para trás. Seus olhos estão cinzentos como o dia e seu coração bate forte em ritmo firme. Ainda é um homem silencioso e sente-se capaz de digerir todas as imundícies e maravilhas ao seu redor. É um homem expurgado e permanecerá recolhendo o lixo dos outros, como uma besta de fardo, estéril, híbrida, que não questiona.

Este livro foi composto na tipografia Classical
Garamond, em corpo 11/16, e impresso em
papel off-white no Sistema Digital Instant Duplex
da Divisão Gráfica da Distribuidora Record.